바티칸에서의 아침을

Breakfast at the Vatican

행복의 비밀은 발에

인자는 물가에서 외로움을 달래고 현자는 산을 오르내리며 고독을 다독인다든가.

산에 오름은 하루를 다져 넣는 시간이라 뛰고 걷는 일은 고독한 것이며 자유의 경험, 관찰과 몽상이 넘치는 원천이다. 뜻하지 않은 만남과 예기치 않은 놀라움이 가득한 길을 행복하게 즐기는 행위이다. '고독의 축복'을 즐김은 얼마나 한가로운 평안함인가.

자주 향하는 그 산은 지형의 이음새와 능선이 완만하게 펼쳐져 있어서 뜀박질하기에는 그저 좋기만 한 오르내림과 오솔길이다. 틈만 나면 일주일에 횟수와 관계없이 아침이면 슬그머니 산으로 뛰어나가는, 내가 그리 귀엽지는 않았을 터이다. 먹거리를 꼭꼭 챙겨주는 집사람의 정성을 더하니 더 빨리 더 멀리 가는 힘이 되었던 거다. 네 개의 산을 폴짝거리며 뛰어오르고 내려오면 2시간 남짓 13마일 거리다. 헤진 수첩의 깨알과 같은 "V"표 흔적을 살펴보니 하프마라톤 500회는 훌쩍 넘는 횟수가 되어 있었다. 왜 그리도 20년이 넘도록 혼자서 뛰어다니기만 했을까, 앞으로는 더 자주 뛰어다닐 수 있게 됐다. 이 산 가까이에 이사를 오게 되었으니 그보다 더 좋을 수는 없는 일이 아닌가 싶다.

천천히 뛰라면야 온종일을 해 지도록 뛰어다니고 싶은 이 산길이다. 누군가가 히말라야, 알프스, 샌디에이고를 갔다 왔네, 하면서 사진을 들이대고 내 이마에 침을 튀기며 설명해 보여도 그리 부럽다는 생각은 없고 시큰둥할 뿐이니 이게 상대방에게 예의가 아닌 줄은 알겠다. 아마도 그동안 뛰어다닌 이 산의 굴곡에 출렁거린 어깨부터 발밑까지 행복이 물들어 있어서 그런지도 모르겠다. 발꿈치 지축을 두드림은 행복을 길어 올리는 메아리가 아니었을까 싶다.

동선을 하다 보면 가져야 할 것은 많은데 이상하게도 가진 것은 점점 더 없어지는 세상을 산다는 생각은 절로 사라진다. 사람들은 앉아서 좌선도 하고 서서 입선도 할 터이지만, 뛰면서 하는 건 적극적인 동선이라 할만하다. 팔 벌려 산등성이에 서면 마음의 평안함이 발밑부터 채워져 올라온다.

건어물 같은 속도 뒤집어 날려 보내고
텅 빈 살가죽 하나로 허공을 기웃거리며
모두 꺼내 삭여 버리고
마음속 거미줄 주름투성이들
그래, 옹고집도 공중분해 하려네
두둥실 그렇게 가벼이 살기

이 책은 첫 장 '여명의 울림' 탄생으로 장을 열고, 마지막 장은 '그리 고독하지 않은 고독사' 죽음으로 그 문을 닫는다.

우리의 삶은 우연히 일어났다가 우연히 사라지는 것들로 가득 차있을 뿐이다. 이 순간을 의식하고 있음이 우연이고 세상의 신비이며 아름다움일 터이다. 또 세상엔 무엇이 있을까. 없다. 아무것도 탄생과 소멸의 거듭 연속일 뿐이다.

제2집을 내면서 어설프기만 한 이런 글을 내밀어도 되는지…. 계절만 서너 번 바뀌었다. 지하에 계신 세종대왕님께서 아시면 얼마나 속 쓰리실까. 조심스레 머뭇거려지는 날이다.

뉴욕에서 저자 한만수
2024년 11월

〈표지〉글/ 펜 드로잉/ 한만수 다니엘

CONTENTS

목차

제2부 웃어도 즐겁게 슬프다

제3부 잠 잘 자는 시애틀의 밤

제5부 그리 고독하지 않은 고독사

제1부

여명의 울림

휘청이는 계절

변덕스런 줄타기에 애만 태우더니
앞을 막지 않았다고 달려 나가고
누가 달려들지 않아도
쫓기듯 사라져 가는 바람몰이

다가올 땐 밀물처럼
주춤이며 오는 듯하더니
으레 그러려니 했는데,
다음 날 아침이면 계절의 전령은
턱밑에서 오락가락
이미 한철을 이루고 있다

때로는 매섭게
한때는 온화하게
언제는 세상 쓸어 버릴 듯

어제 텃밭에 발아 중인 새싹을 보듬었는데
이른 아침 폭설로 문앞에 주춤이게 하다니

그런 당신의 모습은
도대체 어느 것이 진짜입니까

동상이몽

풍요로운 테이블에 마주 앉아 있어도
창밖을 향해 똑같은 방향을 보고 있어도
저마다 움켜쥔 판도라의 상자를 열고
다른 세상을 찾아 헤맨다

함께 있어 더 외로운
분명 옆에 있는데도 하나가 아닌
서로 다른 개체임을 느끼며
메마른 시간을 꿰매어 나간다

함께 있어 더 외로운
위태로운 공간에 마음이 이어지지 않는
금이 굵어져 간다

세븐마일 브리지

은파를 타고 하늘로 이어지는 한 줄기 바람 터널 위에서

꽃구름 하늘 파도와 속삭일 땐
시편을 노래하고
서녘이 붉어지면 잠언서를
꺼내 읽을 일이다

저 멀리 구름 속으로 사라지는 외줄기 잔상이여
갈매기들은 물속에 잠기는 다리를
끌어 올리려고 분주한 날갯짓이다

그곳에 가면 애드거 앨런 포우의 검은 고양이 후손들이
찾아드는 사람들을 살갑게도 맞이한다
헤밍웨이가 살던 집을 상속받은 고양이들의 안식처 되어

해평선 저쪽 열쇠고리 모양을 한
Key west 작은 섬에는

* 세븐마일 브리지는 미국 플로리다주 먼로 카운티의 플로리다 키스에 있는 다리다. 키스의 오버시즈 고속도로 일부로, 2,369마일(3,813km) 길이의 미국 국도 1호선의 일부이다. 이 위치에는 두 개의 다리가 있다. 현대식 다리는 차량 교통에 개방되어 있고, 오래된 다리는 보행자와 자전거만 통행할 수 있다.

바다로 간 실크로드

남으로 뻗어 내려간 42개의 크고 작은 섬들, 그러니까 42개의 다리는
자연 섬을 연결한 거대한 징검다리인 셈이다 내셔널 지오그래픽은
세상에서 가장 볼만한 명소 50중 하나로 선정하기도 했다던가

비켜 흐르는 구름과 바람 가르는 소리 잠잠한 물 위를 달린다
솜사탕 비단길 위에 마음이 평온해지니 세상 오만가지 잡생각이
떨쳐 나간다
이 길은 바다 위에 펼쳐진 신밧드의 마법 카펫이다
플로리다의 최남단으로 뻗어 나간 외줄기 밧줄, 세븐마일 브리지

WOODBURNING PATTERNS
LANDSCAPE... Pin by Harland

17

소확행

소
확
행

내가 바꿀 수 있는 것은 이 세상에 아무것도 없다네
단, 내 마음은 바꿀 수 있다네

비
우산을 펴도 마음은 젖는다

앉아 쉬라는 안개비
여인네 눈빛 고운 여우비
이심전심 이어주는 이슬비
가는 발걸음 재촉하는 가랑비
보이지 않는 그리움 적시는 보슬비
소리치며 천둥 안고 달려오는 그대 소낙비
느그적 느그적 그런 날도 있어 좋은 는개비

소소하지만
확실한
행복

우리 소확행*을 즐기세

* 소소하지만 확실한 행복

극락조

극락조 꽃 위에
새 한 마리

극락에서 날아왔나
무슨 소식 전하러

날개 펼치고 꼬리 세워 올려
꽃 모양 해 보이고는

극락에 한번 다녀오라고
꽃잎 흔들며 속삭인다

눈부신 날개에
오색 햇살 흐르는 자태에 홀려
환상이 굳어버린 극락조

푸른 대궁 힘껏 세워 올린 위에
정교한 붉은 금관테 무늬 두르고
금쪽빛 피어 올리는 귀족의 환생이여

행복한 뜀돌이

뜀돌이는 그렇게 믿고 있다
행복의 비밀은 밭에 있다고
뛰면서 행복해진다고

추스르며 달리는 자신은
고독한 것이며
자유의 경험
관찰과 몽상이
넘치는 원천이다

뜻하지 않은 만남과
예기치 않은 놀라움이
가득한 길을
행복하게 즐기는 행위라고

해 지도록 달려나가고 싶은 곳이
내 맘속에 늘 앙금으로 남아 있다

가위·바위·보는 없다

바위에 붙어 용을 쓰다 보니

하늘엔 구름이 흔들리고
나무와 잎새가 어지럽다

다람쥐와 열매가 서로 맴돌고
휘어지는 바람과 종소리

가위눌린 어깨가
바위에 칭얼거린다

꿈의 흔적

아, 그래도 지나친 세월이었는데
모두가 잊은 시간들

어쩌다 마술에 걸려
정지된 숨소리

시간의 흐름이 멈춘 순간
색 바랜 적막감 속에
주름을 읽어 내린다

사진 속 붙박이가 되어버린 꿈

어디 갈대뿐이랴

흔 들 림

눈으로 보고 듣는 순간
흔들림은 또 시작이다

너의 사랑도 흔들림이고
나의 이별도 흔들림이다
우리의 미움과 집착도
그럴 게다

흔들림의 민낯은
가려는 길에 목적지려니

해지는 저녁. 그대 체취에 스며드는 건
오늘 흔들림의 쉼표

여명의 울림

첫째 날은 빛을
둘째 날은 하늘을
땅과 바다는 셋째 날에
넷째 날엔 낮과 그리고 밤을
새와 물고기 온갖 생명은 다섯째 날에
여섯째 날엔 세상완성에 마침표가 되는 인간을!

일곱 번째 날엔 태초에 첫소리가 있어 여명의 울림이

"감
　사
　　합
　　　니
　　　　다"

무리해서라도 기뻐할 일

27

태풍은 심술첨지

긴 장대 하나 없고…
나무에 오르기엔 엄두가 안 나고…
감나무, 온통 익어가는 감을 보면서
막내는 즐거운 걱정이다

바닥까지 휘어진 가지가지마다
치렁치렁 자루처럼 매달려 그네 타듯, 그리 많던 감

밤새 휩쓴 태풍으로 그 많던 열매의 흔적도 사라지고
감기몸살로 핼쑥해진 나무를 보면 울상을 하고
여간 속상해하지 않을 텐데,
막내가 걱정이다

10.04.22
David

30

타박타박 황톳길

이 오르막을 넘어서면
굽어진 비탈길의 시작이다

관절이 풀리는 내리막 저 끝엔
가파른 숨결의 등성이 다시 이어지고

휘어져 비껴간 벌판의 끝이든
굽이쳐 숨어버린 산길의 시작이든

실타래 풀어 끝 간데없는 태초의 땅을
꿈속에서 얼큰해진 두 다리가
허공을 내디딘다

IT강국의 흔적

가평,
하늘 아래 첫 동네
아니올시다.

고속버스 휴게소
소변기 앞 쭈욱 늘어선 사람들,
소변기 위에 박혀 있는 디지털 화면에
압축 영상물이 숨 가쁘게 비쳐 흐른다

— 거 얄궂네,
— 고것 참, 요런 데까지…
— IT 강국이라서…
주고받듯 한마디씩,
서 있는 시간이 길어진다
— 버스 떠난다, 빨리 나가자 !

가평,
하늘 아래 처음 본
소변기 디지털 화면
앙증맞네

제2부

웃어도
즐겁게 슬프다

나무의 타악 1악장

나무는 외롭다
아침 말간 햇살에 하얗게 부서져 내린 눈
겨울 새벽 눈으로 뒤덮이고 얼어붙은 나무는 더욱 혹독하고 외
롭다
오늘 고드름처럼 얼어 서 있는 나무에도 봄의 전령은 반드시 찾
아와
나뭇가지 속눈썹을 간지럼 태우고 눈도 뜨게 해줄 것이다

어쩌다 바람이 달려오면 나무는 일렁이는 흔들림으로
서로 다가가 안긴다, 우리의 흔들림은 어떤가
사랑과 미움, 시기와 질투 모두 이 흔들림의 결과물이다

바람은 나무의 손이 되어 허공을 긁어대는 가지 손가락이
모리스 부호*를 쳐댄다
그대, 반려나무 한 그루 키우시구려

* 모리스 부호(Morse code)는 한 종류의 신호발생장치로 짧은 신호(·, 점 또는 단
  점)와 긴 신호(−, 선 또는 장점)를 적절히 조합하여 문자 기호를 표기하는 방식이
  다. 로마자와 숫자 또는 한글 자모를 표기한다.

달색은 색의 영혼

북두칠성, 그 국자의 끝이
지붕 모퉁이에 걸릴 때쯤
귀뚜라미 차가운 달빛
맑고도 눈부실 만큼이나
팽창하여 두둥실 떠오른
보름달 전후

나뭇잎 달그림자
바닥을 쓸어도 먼지 일지 않고
달덩이 물속에 잠겨도
넘치는 흔적이 없다

2022.6

느티나무 있는 언덕

아름드리나무를 안고 뱅뱅 돌며 놀던 시절
나는 이 세상에서 가장 든든한 기둥 하나
잡고 있다는 생각을 떠올리곤 했었다

엄마의 치맛자락에 꼼지락 손으로 매달려
장터를 따라나설 때도 그때의 버팀목처럼
든든하기는 마찬가지였을 터이다

그 평범한 기억을 떠올리기만 해도
내 안에 행복한 추억이 부스럭부스럭
날개를 펼치고 나온다

절반의 동행

시간은 혼자서는 보내기 어렵고 저절로 보내지지도 않는다.
갑자기 한가한 시간이 펼쳐지면 그게 '지옥'이 될 수도 있다.
두 사람 중 한 사람이 떨어져 나갈 때 상실의 체험은 큰 충격
이 되어 돌아온다. 부부 사이가 좋으면 칼날 위에서도 같이 잠
을 잘 수가 있다는데 이런 결별의 상실감은 어디에 비하기조차
어려운 일이다.

우리의 기대수명과 건강수명은 누구나 다 다르니 어쩌겠는가.

상실의 체험이 힘든 건 같은 시간을 함께했던 누군가가 그 죽
음과 함께 '기억'을 저쪽 세상으로 가져가 버렸기 때문이다.
나의 존재를 기억하는 사랑하는 사람, 가족, 죽마고우, 고락을
함께한 사람들과의 단절은 다른 어떤 것으로도 대체 불가능한
상실의 체험이어서 감당하기가 고통스러운 것이다.

혼자가 되어 고독하다면 그 무엇으로 고독을 달랠 수 있을까.
'당신은 혼자가 아니에요' 이런 말이 위로될 수 있으면 좋겠는
데, 그건 아니다 좀 더 구체적으로 말하면 '당신의 고독을 내가
완전히 이해할 수는 없지만, 당신과 마찬가지로 외로운 나도

최소한 그 고독하다는 사실 만큼은 알 수 있을 것 같다' 이게 그나마 좀 위안이 될 수 있는 말일까.

혼자되어 고독이 동반자로 다가오면 어떻게 잘 사귀어야 할 텐데 이런 걸 미리 학습해 둘 수 있는 것도 아니잖은가.
고독을 달랠 것인지 정면으로 부딪칠 것인지 지금은 알 수 없는 일이다.

9.27.2002

42

어머니의 귀걸이

어두운 마루 밑에 등 구부린
어머니의 뒷모습

"왜 거기까지 들어가.셔.서…"
누나의 염려스런 낮은 목소리 잇기도 전에
"죽으면 썩을 몸 아껴서 뭐 하니?"

구석에 쌓인 먼지 쓸어 내오시며
귀에 걸어 주시던 저미는 한마디

날 저문 발길 저려올 때
눈감아 짚어 보던 귀걸이
그 마디마디의 굴곡은 오늘의 버팀목 있었네

그건, 손안에 호두알 같은 익숙한 세월의 지침서
움켜쥐지 않아도 떨어지지 않는

개울가 햇살 그림자

검푸른 이끼 통나무 디딤목
오대산 월정사 방장스님의 뒷목이
이렇게나 굵었던가

두 발 모아 딛고 털썩 앉아보는
큰 바위 얼굴
장자방 스승은 황석공이 되었다지

손 펼쳐 쓸어 보니 옛날 멍석에 누워
얼굴 비벼 솔잎 떠올리던 그 까슬까슬한 느낌

얼마나 지나온 걸까
디딤돌
디딤목
멈추고 돌아보는 저만큼 멀어진 길
다시 올 수 없어 아름다운 날들이
돌과 나무로 매듭되어 물살을 가른다

물 위에 떠있는 잎새를 오래 바라볼 수 있는
마음의 여유가 행복이라는데

따사롭던 유년시절의 햇살 냄새가
이 물살에 피어오르고, 내딛는 걸음은
두둥실 푸른 하늘에 비춰 나간다

다시는 사랑 가지고 장난치지 말기

456명이 456억을 걸고 펼치는 살벌한 죽음의 '오징어 게임'에서 유독 이런 대사가 기억에 남는 건 우리의 사회 현상을 생각게 해서이다. 무지막지한 이 죽음의 게임을 포기한 사람들을 달리는 차에서 길바닥에 내던져 폐기 처분해 버린다.

부스스 털고 일어난 성기훈이 앞에 던져진 강새벽에게 "넌 어디 갈 데라도 있냐? 없으면 같이 가자"며 손을 내민다. 그러자 그녀는 비웃음을 짓고 매섭게도 쏘아붙인다 "흥! 너 같은 애를 뭘 믿고?" 믿어서가 아니라 사람은 기댈 곳이 없으니 그냥 의지하는 거라고…

그렇다, 사람들은 외로워서 이런저런 공간을 만들고 서로 부대끼며 의지한다. 노래방, 비디오방, 게임방 …그래서 점점 시끄러워지지만 그럴수록 개인은 더 심심하고 외로워지는 거다.

믿음이란 서로 간에 신뢰하는 것일 테지만, 보다 밀착 관계인 사랑은 어떤 걸까. 누군가를 그리워해 본 사람만이 알게 되는 사랑 얘기. 사랑은 문자로 인식되는 것도 아니며, 소리 내어 외치는 것은 더욱 아니다.

말로 다 해버린 사랑은 이미 사랑이 아니다. 그건 그리움이 빠진 알맹이 없는 껍질 단어의 전달에 불과할 터이니.

왜 우리는 그렇게 사랑한다는 말에 인색한 걸까. "나 사랑해요?"라고 물으면 "그걸 꼭 말로 해야 알아?" 윽박지르듯 퉁명스런 대답을 던져주고는 과묵한 얼굴을 들이밀고 곧 돌아서서 굳어져 버리기 일쑤다.

하기야 남녀의 사랑이란 게 원래 위태롭고 불안한 이음새이기도 하다. 사랑이란 게 밀고 당기며 갈등과 유혹으로 짠 그물이어서 그런 건 아닐까. 남자는 사랑을 하면서 집착하고 여자는 사랑하면서 자유로워진다는데.

그러나 우리는 그런 사랑을 의심하는 건 아니다.
세상에 떠도는 하고많은 사랑보다 '말하지 않아도 아는 사랑'이 더 미더웠던 거다.
서로가 세상에서 가장 든든한 밧줄 하나씩 움켜쥐고 있는 것처럼 과묵하신 그 누군가가 오늘도 당신 곁에서 몸으로 대답하는 중이려니.

웃어도 즐겁게 슬프다

웃을 일이 그렇게 많지 않아도 잘 웃는 사람에게는 역시 히죽히죽
체질이거나 습관성일까, 조금은 헤퍼 보일런지도 몰라도…
아니면 정말 그 어떤 사람에게는 세상에 웃을 일이란 애초부터
없었던 것일까

그의 아기는 정말 귀여웠다
그런데 볼수록 못생긴 게 사실이다
같이 갔던 친구 하나가 넌지시 물었다
— 야 근데, 네 아기는 누굴 닮아서 이렇게 못생겼다냐?
그러자 그는 히죽 웃어 보이더니
— 응 그건 누굴 닮아서라기보다 우리가 어두운 데서 급하게
만들다 보니 그렇게 됐어, 담부터는 밝은 데서 천천히 공들여서
만들기로 둘이 얘기 많이 했지, 허허허 히히히…
내 무릎을 내리쳐가며 바보스러운 웃음을 맘껏 쏟아내는 그의
모습이 나의 마음속으로 무혈입성해 버린다

디바이스는 팔색조 변신

우리는 익숙하지 않은 것을 두려워한다
많이 듣고 보아 친근해진 것과 특이하고 어쩌다 접해서
가까워지려고 하면 저만치 달아나 버려 지쳐 버린다

이해할 만하면 또 변신해 버리고
그 빠른 변화가 우리에겐 버거운 거다

끊임없이 새롭게 거듭나는 그 앞에서 일상의 속도로
길들여진 우리는 당혹스러울 수밖에 없다

그 다양한 기기들이 거부감없이 좀 친숙해질 수 있도록
자연스러운 대상이었으면 좋겠다

누군가를 좋아한다면 오래도록 그를 지켜보고
이해하려 애쓰듯이 말이다
툭하면 차갑도록 토라지는 디지털 매체여

2022.11

무심

젊은 시절에는 가난하고 외롭더라도
적당한 오만과 당당함
첨예한 의식이 전부였고
근거 없는 우월감으로
삶의 씨줄과 날줄을
잘도 엮어 나갔다

지루하게도 맴돌던 시간은
일순간에 빠져나가 버리고
풀풀 나는 잿가루 같은
하루하루의 연속이다

창 너머 하늘은 하루를 다 태운
붉고 황홀한 노을에
황금빛 잔해가 낭자하다

이제 추억의 힘으로
삶을 노 저어 가야 하는 길에

저 앞에쯤 출렁다리의 모습이
서로 엉킨 듯 어지럽다

외출, 한 외로움 떨쳐내기

당장 입고 나설 옷이 없다면
서민은 더우면 화나고 추우면 서글퍼진다

나는 지금 누군가에게 아주 예쁜 옷차림을 하고서도
거울 앞에 서성이는 외톨이는 아닐까
그렇다면 외로움과는 서둘러 상냥한 작별을 해야지

오라는 곳도, 딱히 갈 곳도 없으련만
시나브로 문밖을 나서면 순간순간의
공허한 삶을 메우는 내 모습을 본다

싱글, 행복하면 그만이다

세상에는 노후의 불안을 부채질하는 메시지가 넘쳐 흐르고 있다. 사람은 나이를 먹으면 혼자가 된다. 오래 살수록, 결혼했든 안 했든 결국은 혼자 남는다.

60대 언젠가 싱글에 대한 어느 작가의 홀로서기 지침서에서 이런 구절이 생각난다.
손자 무릎에 앉히는 행복은 벌써 전설 따라 물 건너간 지가 오래고 우리의 기억 속에 박제로 남아 있을 뿐이라는 것이다. 무의식중에라도 손자를 무릎에 앉히는 과감한 실수라도 저지르게 되면 대퇴골이 파손되는 중상을 피하기 위해서라도 거부하는 몸짓으로 당당히 돌싱으로 살아야 한다는 것이다.

혹시라도 '혼자 적적하실 테니 우리하고 같이 살아요' 하고 은근히 권하는 자식이 있다면 그건 '악마의 속삭임'이라 단정하고 단호히 거절하는 용기를 갖추어야 한다는 것이다. 흔들림 없이 홀로서기를 해야 후사가 깔끔한 거라고.

행복한 싱글은 커플보다 아름다우니 주눅이 들지 말고 멋지고 당당하게 살아야 할 터이다.
싱글, 행복하면 그만이다.

등대가 밀어준 불빛

갈매기 제집 찾아 해안으로 날아들면
서녘 그림자 드리워지고
멀리서 금빛 물결 번져 눕는다

해평선 그쯤에서 누워 있는 듯
가누지 못하는 낡은 어선
노을이 떠받쳐 두르고
한 줄기 빛 등 밀어 다가온다

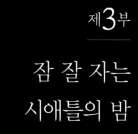

제3부

잠 잘 자는
시애틀의 밤

바람은 지문을 남기고

밖에 우우 몰려다니는 바람을 한 아름 안고 방으로 들어와
바닥에 풀어놓으니 방이 날개를 달고 날아다닙니다

덩달아 모자, 옷걸이, 달력, 스카프…어깨 들썩이며 잘도 어울립
니다
휘이적 추임새 장단에 두어 바퀴 돌아보니 한구석 책장들이 좋
아라고
페이지를 펼치며 수많은 얘기를 쏟아 냅니다

술 취한 듯 비틀거리며 그동안 쌓인 무거운 적막을 깨트리고 통
째 집을
들어 올리려는 안간힘을 억누르면, 서러울까 안쓰러워 다정한
무관심으로 길을 터줍니다

엿보이는 이 없어도 늘 부끄러운 속살을 가리는 사방 벽이 속내
드러낼까
전전긍긍하다가 제풀에 지쳐 주저앉습니다, 그제야 방문을 닫
고 바람이 꼬리를 감춘 뒤에도 한참이나 잘 놀았습니다

소파에 던져진 얼큰한 다리가 허공을 뒤척입니다

우리나라 에서
가장 오래된 이발소

서울
미래
유산

성우이용원

2023. 2
Danil An

잠 잘 자는 시애틀의 밤

뚜렷한 이유도 없이 이리저리 뒤척일 뿐 잠이 안 올 때 그런 날
에는 우선 배낭을 메고 등산할 때를 떠올리기 시작한다.

무릎 굽혀 가슴 내밀고 배낭을 잡으려 하면 집사람은 잽싸게 낚
아채고 집을 나서는 일방적인 동작이 그 시작이다. 나는 기회를
박탈당하고 마지못해 자비를 베푸는 수밖에 없다.
어떤 일행은 여자에게 가방을 메게 한다고 힐끗거리며 인색하다
비정하다는 투의 표정을 해 보이지만 나는 억울하게도 홀가분하
게 걸을 수밖에 없는 나의 앞뒤 모습을 번갈아 돌아본다. 이게
약발이 안 들을 때도 수없이 많기도 하다.

두 번째는 '시애틀의 잠 못 이루는 밤'의 몇 가지 대사를 중얼거
려 본다.
-진짜 사랑을 해봤던 사람이 다시 사랑할 가능성이 높다던가
-여자들은 말 잘하는 남자에게 빠져서 늘 곤경에 빠진다는 등
-사랑은 참 신기하기도 해서 일단 사랑에 빠져보라지. 전혀 나
답지 않은 행동을 저지르고 만다나.
영화 속의 베키와 애니의 주고받는 장면을 떠올리다 보면 희한
하게도 들숨 날숨이 알파 상태의 졸음을 긁어모아 오는 것이다.

나에게 '시애틀의 잠 못 이루는 밤'은 당치도 않은 모양이다. 아
날로그 시대의 그 '러브스토리'가 그리워서인가 보다.

의상은 품성이라서

옷이 고우면 그 사람의 몸은 더 예뻐 보인다든가

갓 건져낸 신선한 아침의 색상에 옷장 속에는 무지개가
펼쳐진다

내 의상이 날개가 되면 경쾌한 눈빛에 금세 웃을 수 있는
사람이 되고
나의 감성과 취향이 비쳐 보이는 눈부신 제2의 피부가 되어
준다

시원하고 따뜻하게 감싸주는 질감이 건조한 마음에 물기를
적셔주고 편치 않은 기분도 탈출시켜 주는 통로이기도 하다

새 풀 옷 물감 번지는 계절, 봄날의 외출을 준비하는
여인네의 마음을
어느 환쟁이가 그려낼 수 있을까

막다른 골목집

거품 밑에 국수가락
거푸 쓸어 넣는다

허기만 공허한 배 안에
꺼억, 트림 한 번이면
금세 꺼져버릴 신기루

풀풀 날리는 실가락이
간에 기별이나,

황소 눈 껌벅이며
등 굽혀 일어선다
산다는 것은 살아내는 것

진실 하나

숨죽이며
골패짝 돌리는
두더지 단칸방에도
넘사벽* 함무라비 법전이 존재하고

칠흑 새벽 시장 철문이 감아올리면
서릿발 같은 침묵의 차례가
서슬이 퍼렇게

   * 넘을 수 없는 사차원 벽

넝쿨 속에 뜨는 달빛

푸르게 얽혀 둥그러진 터널 속을 들어서면
청량함과 신비로움이 함께 스며든다
빼꼼하게 우거진 넝쿨터널과
짙푸른 그늘과 들판의 풀 향기

차갑도록 상쾌한 바람 줄기,
미풍에 실려 가슴 부풀어 오를 때
서서히 푸른 벌판이 붉어지고
들려오는 새소리 멀어지면
넝쿨 속에 둥글게 피어오르는
달빛이 은은하다

하루 더 껴안기

저녁노을이 먼 곳에
버티고 있는 가을
영그는 알곡이
태양 아래 끝까지 껴안아

오늘 한 겹 더
두터운 황금빛으로
여물어 가는 하루

물그림자

벌판을 걷다가
얼굴을 닦아도
변하지 않는 고집스런 주름살

아침나절 물 건너는 길에
머리를 씻는다

정수리에 햇볕 따가워질 땐
갈증이 난 마음 적시고

팔 벌려 어두워진 가슴속
더러 헹구며

산 그늘 저녁 물그림자 굽이마다
세월이 널려 있고 골짜기마다
사연이 숨어 있음을 본다

오색 물소리

오색단풍 옷 적시고 마음도 물들어
계곡의 물소리 짙고도 진하게 채색 중이다

물속에 잠겨진 오색의 산 그림자
주름지어 피어 흐르고
흰 구름 내려와 굴곡 따라
가파르게 타고 넘는다

바위 사이사이 피어나 흔들리는 나뭇잎
가을은 물속에서 넘실넘실 흘러 익는다

누군가 내게 물으면

하루 쉬고 하루 놀고
문턱엔 드나드는 이 없고
바람의 혓바늘들만 들락거린다

팬더믹 전성시대는 완강하게 버티고
얄팍한 봉투 안을 빼꼼히 곁눈질하면
수천 개의 신음이 미친 듯 웃어대는
푸른 지폐의 타액이 손으로 흘러내리는 날이다

시는 쓰고 있느냐고요?
그럼요, 시난고난(施難苦難) 그렇게
은유가 곡을 하듯이요

별소리 달소리

가슴에 꽃밭을 가꾸며
내 앞에 발자국 멈추고
밤하늘 별 하나 되어서
먼 데서 빛나는 저 별빛

달빛이 지나며 가리고
구름이 흐르다 멈추고
밤하늘 별빛도 달빛도
바람이 스치면 빛난다

미풍이 아니어도

험한 파도 넘실대면
바닷물은 갈퀴가 되어 출렁이고

바람이 구름을 몰고 내려오면
바다 물결은 깊고 높아져 간다

서서히 찾아드는 미풍이면
수면은 졸린 듯 일렁이며
펼쳐내는 카펫이 출렁인다

텅 빈 하루

안개 비바람 몰아치는 아침
서서히 뭉게구름 뜨는 오후

어느새 구름 한 점 없는
푸른 하늘과 저녁노을

하루의 날씨가 곤두박질의 연속이고
겹겹의 날들은 뒤섞인 계절이 되는,

칼과 불의 묘기에 넋이라도 잃었던가
전광석화, 세월은 한줄기 불빛

새털구름

새소리 하늘 높이 올라오면
구름은 낮게 낮게 내려와
좀 더 가까이서 듣고 싶은가 보다
서성이듯 머뭇머뭇
한 무리 새털구름

새 소리 바람 소리
퍼져 나가는 저 산등성이
등고선 끝 자락쯤에
구름은 한참 낮아져서

소리 흥겨워 구름 날개 펼치고
그 소리 에워싸듯 새털구름

10·18·2021

제**4**부

사랑별곡

사랑하면 알게 되고

그래, 그런 말이 있었지

사랑하면 알게 되고
알면 보이나니
그때 보이는 것은
전과 같지 않으리라는

'삶이 그대를 속일지라도 슬퍼하거나 노·여··워···'

외우고__
외우니__
외워서__
친구 누군가의 방문 맞은편에,
군대에 간 복남이 낡은 책상 앞에
문풍지 떨어대던 발 시린 방
방구석 몽당연필 채이듯 하던 말

차갑던 기억 하나 짚어 보면
지금껏 버텨온 바람막이
전혀 사랑하지 않던 그 말도

사랑 별곡

하늘에 핀 꽃은 별이라 하고 마음에 핀 꽃은 사랑이라 하던가.

사랑, 그 사랑 때문에 뜬눈으로 새벽을 맞이해본 적이 있을까. 그 사람이 아니면 죽고 못 살 것 같은 절실함에 함께 죽어도 좋다고 생각한 사람이 당신에게 정말 있기는 했을까. 내게 그런 사람이 있었다면 당신은 '행복한 추억' 하나는 건진 셈이다. 사랑만큼 찌들어 빛나는 훈장, 그 추억 말고 또 다른 뭐가 또 있을까. 지난날을 그리워 얼싸안고 싶어지는 게 사랑 얘기요 그 추억일 테니 말이다.

더듬어 보면, 어느 날은 먼지가 되고 싶기도 했을 터이고… 사랑은 이렇게 나를 하찮게 만들기도 해서 쓸쓸한 추억 한 개가 나를 포박하고 있었던 거다. 주지 않으면 받을 수 없는 게 사랑이어서 상사병이든 난치병이든 헤어나기는 그리 쉽지 않았을 터이다. 그날 이후 세상으로 향하던 모든 문이 닫히고 빛도 사라진 날들만 있었을 뿐이다.

사랑은 왜 그토록 순간적이고 추억은 왜 이리도 꺼지지 않는 아픔으로 일어나는 걸까, 사랑이 떠난 자리엔 텅 빈 것 외에 무엇이 있을까. 사랑 안에 너만 있고 내가 없다면 그건 절망의 무덤

뿐이다. 비어 있음과 차 있음, 상반된 느낌에 공허함이 전부였을 터이다. 불일치했던 사랑의 순간에는 가누지 못할 특별한 여백이 헐렁하게도 남아도는 것이어서 고단한 인내의 시간만이 흐른다.

비켜간 쪽빛이 서서히 찾아들면 부드러운 가시에서도 싹이 트일 거라는 막연한 바램도 없지는 않았다. 정답이 없는 난관에 부딪혀 힘겨울 때 우리에게 준 신의 축복 중 하나는 제멋대로 상상할 수 있는 자유가 있어서 실패를 장담할 수 있는 견고한 좌절감은 왜 그리도 끈적하게 달라붙기만 하는 것일까.

쪽빛이 눈부신 날에는 내 인생에 달콤한 초콜릿이 아직도 많이 남아 있을 거라는 생각을 떠올리다 보면 뇌가 미소를 짓고 있는 듯 작은 행복감이 스치는 낌새를 느낄 수도 있었다. 언젠가 새로운 희망이 수혈되면 어린 세포가 연쇄반응으로 일어날 것이라고.

아침에 눈을 떠 또 다른 장담 할 수 있는 것은 '내 안에 당신을 담을' 준비가 되어 있다는 것을. 나날이 변덕스러움의 흔들림은 사랑도 사람의 일이라서 그러려니.

오늘도 나는 반 고흐의 외침을 듣는다

반 고흐의 외침

'영혼의 화가', '태양의 화가' 불꽃 같은 정열과 격렬하고도 눈부신 색채 표현으로 서양미술사에서 가장 위대한 화가로 꼽히는 사람은 단연 반 고흐다.

평생을 지독한 가난과 외로움을 떨쳐 버리지 못하고 800여 점의 그림과 700여 통의 편지를 동생 어머니 두 명의 친구에게 남기고 스스로 목숨을 끊는다. 자신의 귀를 댕강 잘라 버리고 정신병원에서 권총 자살로 서른일곱 살의 짧은 인생을 마감한 살아생전 외롭기만 한 반 고흐.

그의 그림엔 아직도 마르지 않은 그의 영혼이 담겨 있고 금방이라도 끈적이는 페인트가 한 움큼 묻어 나올 것 같다. 그림에는 그가 바라본 세상이 고스란히 옮겨져 있어서 화폭 안에 이입된 실물은 미치도록 아름답고 그가 남긴 말 만큼이나 어지럽도록 인상적이다.

"멀쩡한 세상이 나를 미치게 한다."고…

별것 아닌 것을 세상 전부라고 생각하는 사람들, 평생을 한 가지에 몰두하면서 쉽게 상처받고 자기만의 세상 속에 미쳐가는 사람들, 그리고 사랑하던 모든 것들에서 사라져 버리는 사람들. 어딜 만져도 욱신거리는 내 인생이라는 믿음이 가슴에 스며든 건 아닐까.

그의 외침은 오늘 여러 곳에 더 자주 들려오는 듯하다.

"세상이 멀쩡한 나를 미치게 한다."고,

이런 말 저런 말

예쁜 여자를 만나면 삼 년이 행복하고
착한 여자를 만나면 삼십 년이 행복하고
지혜로운 여자를 만나면 삼대가 행복하다던가

잘생긴 남자를 만나면 결혼식 세 시간이 그럭저럭 행복하고
돈 많은 남자를 만나면 통장 세 개의 행복이 보장되고
가슴이 따뜻한 남자를 만나면 평생의 행복이 보장된다는 말

HOV LANE의 티켓 배달

코코 녀석이 밖에 튀어 나가지만 않았더라면… 출근 시간이 늦어지니 조바심에 아직도 가슴이 울렁인다. 오랜만에 뜀박질을 해본 건 코코의 공이 크다고 하겠지만.

달리는 왼쪽 차선 HOV LANE이 자꾸 눈에 들락거린다. 이렇게 늦은 날에 딱 한 번만 …, 그리고 시계를 올려본다. 핸들을 살짝 돌리니 매끄럽게 일직선의 흰 선도로 안에 쭈욱 빨려 들어간다.
진작 들어올 걸 그랬나 역시 빠른 길이네.
다행히 아침 예약손님을 받을 수 있을 것 같아 마음이 좀 편해진다.

내심 그 길로 달려오길 잘했다는 생각을 하면서 철커덕, 툭, 드르륵… 가게 문을 들어 올릴 때, 낯설게 느껴지는 등 뒤 반사불빛의 번쩍임이 철문을 핥아댄다.
…뭔가? 조심스레 고개를 돌려본다, 아주 느 리 게-
흠, 갓길에 세워진 경찰차의 압도적인 불빛이 나를 쏘아대고 있는 것이다.

자주는 아니지만, 매사에 불길한 일에 느끼는 나의 직감은 희한하게도 잘 맞아떨어져서 신기할 지경이다. 그 직감의 직중률이 높다 보니 두려움이 제 알아서 달라붙는다는 게 큰 단점이기도 하다, 순간 좌절하기는 얼마나 쉬운 일이었던가.

티켓을 높이 쳐들고 쿵쿵 다가오는 검은 제복의 거구를 보는 순간 헐크의 모습이 스쳐 갔다. 척추의 3~4번쯤에서 찌르르 전율의 거부반응 울림이 느껴질 때 저음의 독백 같은 중얼거림이 입 속에서 맴돌았다. 저 티켓에는 완강한 필체가 가시처럼 양각되어 있으리라는.

투덜투덜 젯블루

여행길에서 마주치는 사람들. 이름도 나라도 모르는, 언제 어디서 다시 만날 기약도 없이 스치고 지나가는 나그네들끼리 인사를 나누는 인연. 인간에게 있어 관계란 무엇일까, 인연은 또 무엇이고.

마주치면 아는 체 눈인사라도 하고 이야기를 나누다가 금세 뿔뿔이 흩어진다, 밀려왔다 빠져나가는 썰물처럼이나 하긴 말없이 굳은 얼굴로 지나쳐 버리는 것보다는 낫지 않은가.

비행기의 출발시각이 두 번씩이나 밀려나고 이제 또 세 번째 출발시각을 기다리다 보니 오후 두 시 예정이 어둠이 흠뻑 내려앉은 여섯 시까지 끌고 온 것이다. 지루한 9번 출구 앞에는 피로에 젖어 늘어진 모습들이 엉켜 있다. 구석과 벽에 기대고 군데군데에 구겨 앉은 반 토막 같은 모습들.

JFK 뉴욕공항 폭설로 아직 칸쿤으로 출발하지 못한다는 안내방송만 이따금 토해낸다. 그때 남자 화장실 문이 쿵쿵 여닫는 소리와 군화 발자국 저벅거림이 멈추고 굵은 톤의 음성이 울린다.

– 야, 이 비행기 회사 지랄 같네
– 그래, 개똥이다 젯블루
– 아이 돈 라이크 젓블루
– 갓 데미무어! 초웃블루 지미카터
두 사람이 주거니 받거니 비행기 젯블루를 성토 중이다.
아~ 이건 귀에 감기는 익숙한 우리말, 낯설기는 투박하게 거칠
고.

여행길엔 늘 예측불허의 장이 펼쳐지지만, 기상변화고 뭐고 대
기실엔 투덜거림의 언성만 무성하게 채워져 나간다.

88

다시 보는 세병관*

수군통제사 충무공 이순신 장군이
수군을 훈련 양성하던 곳이니
오늘의 해군 훈련소라
바다의 방패가 되고자 하는 사람이면
한번은 부디 방문 참배할 일이다

역사의 성지라 하는 이곳에는
충무공의 옛 흔적이 고스란히 남아 있고
왜적의 간담이 서늘했을 서슬 퍼런
장검에 무거운 빛이 서려 있다

현존하는 조선시대 최대의 단일 목조건물로
400여 년을 버티고 있다

통영 제일의 명당자리에 웅장한 이 모습
빛바랜 단청 무늬는 세월의 흔적 그대로
화석화되어가는 중이다

---

* 경상남도 통영시 문화동에 있는 목조 건물. 조선 선조 때 통제사 이경준(李慶濬)
이 이순신 장군의 전공을 기념하기 위하여 세웠는데, 전면 9칸·측면 5칸의 단층
팔작지붕으로 되어 있다. 창호나 벽체가 없이 통간(通間)이어서 그 규모가 웅장
하다. 우리나라 국보로, 국보 정식 명칭은 '통영 세병관'이다.

마음의 행로

살아야 할 유일한 이유를
마침내 깨닫고 보니
그것은 바로 즐기는 것이었다

아~
내 삶은 그렇게 복잡한 것이 아닐지도 모른다
중요한 것은 내가 지금 그렇게 사는 것인지
아니라면 내 마음의 행로를 들춰 봐야겠네

세상에서 가장 외로운 도로

미국 US Highway 50번 도로는 네바다 구간을 직통으로 가로지르는
약 400마일(700km)의 거리에 달하는 직선 구간이다
마을도 사람도 휴게시설 그림자조차도 찾아볼 수 없고
가스 스테이션도 없는 그야말로 끝 간곳없이 실금처럼 뻗어 나간
가장 외로운 도로이다

황량한 사막 한줄기 선상 위에 점으로 바동이며 무저갱(無底坑)으로
빨려드는 느낌에 이 길은 유령의 길이라 해야겠다

빌딩숲에 파묻혀 있으면 미국은 서 있다고 말하고
이렇게 펼쳐진 길 위에 있으면 미국은 누워 있다는 말이 맞다

길, 인연의 시작이든 단절의 끝이든 만나고 헤어지는 길
비좁은 갓길, 자갈길, 샛길, 실핏줄처럼 이어지고 끊어진 그 많은
길들, 어느 곳 하나 못 갈 길은 없다
우리는 황천길도 몰려 가지 않는가

2024. 7.15

왼손잡이 동호회

불편한 손을 움직여 친구에게 전화했다
—왼손을 다쳐서 고생이 많다고?
  아플 때 심호흡을 하고 조용히 기도문을 외워봐
  이완 반응을 일으키면 대개는 고통에서 벗어날 수 있지
  얼굴 표정도 평화스러워지는 느낌을 알게 될 거야
  죽음마저 평온하게 이완될 듯이—

—야, 이거 무슨 뜬구름 잡는 얘기야
  참기 어려운 통증을 친숙하게 받아들이라니?

—그래서 우선 새로운 조항을 하나 만들었지!
  습관을 바꾸는 게 쉽지는 않겠지만, 나중에 눈물로
  위로받지 않기 위해서라도 평소에 오른손을 익숙하게
  연습하기로, 우리 왼손잡이 동호회에서는

웬, 달 가리키는 손가락 얘기만….

빠빠이 마라톤(1)

빠빠이가 완주를 못한 건
뜨겁게 달구어진
머리통 때문이 아니었다

무릎 휘감는 맞바람은
거센 물결의 저항만큼이나 힘들어도
발꿈치 꾹꾹 눌러 밟고 잘도 달려왔다

조금 전 지나친 왼쪽 소나무 숲 모퉁이의
교회 묘지 입구에 흔들리는 팻말이
왠지 마음을 자꾸 흔들어 놓고 있는 거다
텅 빈 머릿속을 나들목처럼
들랑거리던 까만 글씨들이
건각의 근육을 삭혀버렸다나

'오늘은 내 차례 내일은 네 차례
너희는 아침에 든 선잠 같고 저녁에 사라지는
풀과 같으니라'
오늘의 복음말씀 한 줄

아 덮친 데 겹친 격이라더니
또 다른 말씀은 웬 말이냐
헛되고 헛되니 헛되고 헛되도다
건각의 힘살이 헛되고 헛되도다

빡빡이의 마라톤⑵

번호표,
안경,
모자, 손바닥 펴 꾸욱 눌러쓰고

출발선에 들어서면
매번 새롭게 다가오는 설레임
우선은 긴장감을 떨쳐 버리고 싶은 거다

테니스 선수 '나달'은 어떻던가
서브를 넣기 전에
귀 한번 쓸어 당기고
높은 코 반시계방향으로 두 번 반 돌린 다음
왼쪽 엉덩이, 사타구니, 한 움큼 움켜쥔 뒤에야….

오늘 빡빡이도
안경알 닦고,
신발끈 조이고,
디딤발 두어 번 툭, 툭,
한 모금 싸한 물줄기가
긴장감을 상큼하게 쓸어내린다

＿ 아, 뛰는 게 별건가

　닦고,

　조이고,

　기름 치는 일,

늘 우리가 해오던 그대로 ＿

저 빗속으로

△ 빗속으로

숨바꼭질 같은 숨소리가 후덥지근한 토요일 오후다.

점심시간 후 식당을 나와 숙소로 향하던 우리 둘은 갑작스런 천둥·번개 장대비 소나기에 오기가 났을까 천연스레 슬슬 걸어가고 있었다. 아니 좀 더 느리게, "옷 벗어젖히고 한번 튀어 나갔으면 정말 시원하겠다" 둘은 씽긋 웃으며 짧게 두 눈이 마주쳤다. "내 말이 그 말!!"

누가 뒤질세라 옷 탈출 동작 시작이다. 사타구니 불개미라도 털어내려는 듯, 번개처럼 훌훌 번쩍번쩍 군모, 족쇄 같은 군화, 옷가지 나부랭이 죄다 벗어 내팽개쳐대고⋯ 드디어 알몸으로 빠져나갔다. (이게 다 불쾌지수 때문이다⋯) 우리는 중얼거리며 트랙이 탁 트인 장교숙소 쪽으로 뛰기 시작해서 언덕 위로 뛰는 순간 굵다란 빗줄기는 머리, 얼굴, 가슴팍 할 것 없이 온몸을 거칠게도 후려쳐 댔다.

짚차 3대가 지나가는 동안 물벼락 빗줄기는 희미한 헤드라이트도 두꺼운 차단막이 되어 서로 전혀 분간하기 어려웠다. 그때까지만 해도 이 굵은 빗줄기가 얼마나 다행인가 하고 생각하면서.

그런데 정수리 내리치는 물 폭탄에 머리를 똑바로 들 수 없을 지경이었고 두들겨 맞는 어깨 통증이 얼얼해 감각은거녕 쇄골이라도 바스러지는 건 아닐까 겁이 날 지경이었다. 가슴팍에 퍼부어 대는 물줄기는 숨을 몰아쉬기에 얼마나 버거운 일이었던가.
－어디 그뿐이랴. 기우뚱, 중심을 잃으면서 착지가 불안해 두어 번쯤 넘어질 위기도 맞았다. (이것 참)

두 손은 몸 아래위를 번갈아 문질러 대면서 별스런 동작의 연속이다. 가누기 어려운 몸통을 쓸어내리며 장교 숙소 앞 400미터 트랙을 돌아 허둥지둥 우리 숙소로 향했다.

그냥 이런 기분이었다, 우리는 지금 물 폭탄에 수중 바비큐가 되어가는 중이라고….

문을 열어젖히고 내무반 마룻바닥을 두두두두… 밟아대며 쳐들어 서자 청소하던 동료가 어~어하며 하얗게 뒤로 물러섰다. 허둥지둥 샤워하고, 애써 똑바로 걸어 나오면서 무표정한 표정으로 "아 우리는 방금 꿈같은 세상을 다녀왔다. 너희들도 나중에 해봐." (고참의 특혜가 별건가) 피식 웃음이 새어 나왔다. 그러자 그들은 서로 번갈아 보기만 했다

저녁에 주말 외출 준비하는 세 명에게 얄팍한 금일봉(?)을 내밀며
"이건 기밀 유지비!"
그러자 예리한 눈빛이 지폐에 꽂히고 지체할 것 없이 빛나는 동작으로 낚아챈 셋은 약속이라도 한 듯 어쩌면 똑같이 씽긋 웃는 척, 고개를 끄덕이더니 "기밀 유지 철저-! 보안 유지 철저!"
그들은 평소보다 훨씬 우렁찬 목소리를 토해내고는 빠져나갔다.

월요일, 1일 게시판 노란 종이 위에 'Looking for naked runner(발가벗고 뛴 놈들 찾음)' 문구가 펄럭이고 있었다.
-"주말에 부대 안에서 알몸으로 뛴 놈들은 대체 어떤 놈들일까"
-"동네 애들 아니면, 어느 미친놈들일 게다"
-"당연히 한 게지요, 이를 말입니까? 제정신 군인일 턱은 없고…"
점심시간 식당에서의 얘깃거리는 모두들 희한한 일이라며 고개를 흔들거나 거참 시원했겠네 하는 사람도 있었다. 우리는 완전 범죄를 확신이라도 하는 듯 서둘러 쾌재에 즐거운 전율을 느끼고 있었다.

△ 아, 가을인가

가을이면 카니발 행사가 매년 열렸다. 부대 안의 군인과 군속 간의 유대관계인 친선도모를 위한 축제로 제법 다채로운 프로그램으로 이틀씩 이어졌다. 그리고 지난 일 년간 재미있던 얘깃거리를 모은 글이 뽑히면 넓은 본부석 텐트 안에서 시상식을 하기도 하였다.

마치 4개월 전 빗속을 뛴 얘기를 그럴듯하게 각색하여 나중엔 근사한 상까지 받을 줄이야, 갑판장교는 정사각형 큼직한 선물 상자를 건네며 악수를 굳이 청한다. (욕심만 버린다면 저 정도 크기의 선물에 불만이 없겠는데) 받아 든 순간, 선물상자로 내 턱을 크게 쳐 울렸다. 왜냐고, 너무 가벼워서, 상품을 건넸으면 그만이지, 열어 보기를 은근히 부추기는 건 왜일까.
주춤주춤거리며 선물상자를 열어 보니, 눈부시게 빛나는 스테인리스 요강이 번쩍인다. 나의 그 어정쩡한 모습을 심술부리듯 낚아챈 그 장교는 선물의 해설을 친절하게도 들이댔다. 벌거벗고 뛰는 철딱서니들에는 매우 적절한 선물이라고.

모두가 킬킬거리고, 박수소리, 휘파람이 높이 솟아올랐다. 순간 '휘리릭' 짧은 호루라기 소리에 그 뒤를 돌아보니 뚱보 보안 장교가 그날의 진범으로 체포한다며 수갑을 높이 흔들어 보이는 게 아닌가. 또 한 번 깔깔대는 웃음소리가 더 크게 퍼져 나갔다. 여기저기서 외쳐대는 '오, 마이 갓,' 소리는 왜 그리도 즐거운 신바람 비명이었던지, 높이 쳐든 요강이 반짝이며 빛날 때 내 얼굴은 흙탕물 빛이었으리라.

소나기와 천둥은 여름날이면, 슬며시 다가와 생생하게 떠오르게 하는 그 순간들. 아, 다시는 그런 철들고 싶지 않은 날이, 앞으로 더 오지는 않을 터이니 그것이 안타깝고 그립기까지 한 거다.

언제 한번 다시 찾아 둘러보고 싶은 그곳. 그 미해군 장교숙소의 언덕배기 굵은 모랫길.

제5부

그리 고독하지
않은 고독사

사랑한다는 말은

사랑한다는 말은
맨 처음 하고 싶은 말, 맨 먼저 듣고 싶은 말

사랑한다는 말은
맨 나중에 하고 싶은 말, 맨 나중에 듣고 싶은 말

사랑한다는 말은
맨 처음 묻고 싶은 말, 맨 나중에 묻고 싶은 말

숨소리 멈추고 고요히
흘려보내고 싶은 날에, 흘려보내고 싶은 날에

애야, 있잖아

손녀 곱단이에게

밝은 얼굴을 하고 잘 웃는 연습을 해라
세상에는 정답을 말하거나
답변하기 어려운 일도 많은 거다
그러나 하루가 지나고 나면 사정이
바꾸어지기도 해서 흐르는 시간의
비밀을 차츰 깨닫게 되는 거란다

하느님도 가끔 외로워서
눈물을 흘리신다는구나
새들은 나뭇가지 위에서
외로움을 달래는 거래
네가 물가에 앉아 있는 날은
외로움 때문일 게다

애야, 그런 날엔 가끔
시집을 펼쳐 보렴

똥개친구

친구

야 임마
이 자식 저 자식
밀고 당기고
곤두박질

개부럴
넌, 소부럴

툭 하면 코피냐?
네놈은 사람 잡는 돌주먹 백정놈!
멱살 잡고 걷어차이며 똥개 동무

강남 가자
그래, 청산도 가자

번호표 쥐고 긴 줄 서서 지루해할 때
내 그림자 안에 너의 얼굴이 다가온다

2002.10

행복여행

행복은 개개인의 관점이 달라서 그 기준치를 세워 말할 수 있는 게 아닐 터이다. 행복은 기쁨이기도 하지만 오래갈 수 없는 단순한 감정이다. 그러나 순간의 기쁨도 행복이라면 그도 옳은 말일 것이다. 기쁨의 감정은 오래가지 못하는 단점이 있는 게 사실이다.

파리 중심가에 있는 꽤 잘나가는 정신과 의사이며 심리학자의 진료실에는 매일 밀려오는 '행복하지 않은 환자들'에 의해서 자신도 어느새 서서히 '행복하지 않은 의사'로 되어간다.
무엇이 사람들을 행복하게 하고 불행하게 하는지 알기 위해 마침내 진료실 문을 닫고 그는 세계로 행복을 찾아 여행길에 오른다.
그 후 여행에서 만나고 체험한 것들의 쿠페의 행복여행 책을 읽고 나니 대강 이런 내용이 기억에 남는다.

－행복의 첫째 비밀은 타인과 비교하지 않는 것
－행복은 때때로 갑자기 찾아오기도 하고
－더 큰 부자가 되고 위상이 높은 사람이 되고 싶은 것
 (어쩌랴, 통장 잔고와 행복지수는 비례가 되는 것을－)

-행복은 좋아하는 사람과 함께하는 것

-살아 있음을 감사하는 것 등 평범한 얘기로 풀어나간다.

남과의 비교에서 그리 고통스럽지 않다면 그런대로 '행복한 상태'임을 알아차려야 한다는 것이다. 아파트 숲에 묻혀 사는 사람들 중엔 '텃밭을 가꾸는 게 행복'이라 했고 황사와 미세먼지에 시달릴 땐 '아름다운 산속을 걸으면' 행복할 거라 했다. 은퇴하여 늘어지는 시간 앞에 무력해진 자신이 '쓸모 있는 사람이 되면 행복'할 거라 했다.

또한 행복을 결정하는 요소 한 가지는 사물을 바라보는 방식이라는 건데 반이 채워진 병을 바라보는 사람과 반이 비워져 있는 병을 보는 사람은 행복의 차이가 크다고 한다. 행복은 어떤 '대상'이나 '상황'이 아닌 '마음상태'라는 것이다.

그렇다면 과연 진짜 행복은 무엇일까. 마음이 잡념에 빠질수록 불행하고, 마음이 평온할수록 행복하다는 것이다. 'A Wandering Mind Is Unhappy Mind(방황하는 마음은 불행하다)'라는 말이 바로 그것이다

최근 뇌과학으로 측정해본 결과 행복 정도가 가장 높은 이는 40년 넘게 명상을 한 프랑스인 티벳 승려로 그에게 '세계 최고의 행복남'이란 별명이 주어졌다. 그는 자신이 느낀 행복감을 이렇게 표현했다고 한다. '지극히 건강한 마음에서 비롯되는 깊은 충만감, 단순한 기쁜 느낌이나 순간적 감정, 기분이 아닌 존재 그 자체로 느끼는 최적의 상태, 마음의 평안을 바깥에서가 아닌 내 안에서 찾아야 한다는 것' 등이다.

행복을 측정하기도 그리 거창한 게 없다. 하루 또는 일주일에 몇 번이나 즐겁고 기분 좋은 감정을 느끼는지 내 삶의 여러 면에서 얼마나 만족스러워 하는지 또는 기쁜 미소와 화난 표정이 얼마나 자주 번갈아 일어나는지 등이다.

행복이 이미 내 가까이, 아니 이미 내 안에 축적되어 있는 것을 알고서도 모른 척하며, 또는 그것에 대해 까마득히 잊고서는 사방을 두리번거리며, 외로움과 불행 그리고 허무의 무게를 어깨 가득 이고서는 이곳저곳을 기웃거리지는 않는지, 내 안을 가끔 들여다봐야 한다는 것이다.

이 글을 읽고 나니 나에게도 흠 잡힐 일은 많기도 했다. 얼마 전 뉴저지 마라톤 대회에서 자전거로 앞서 나간 적이 있다. 큰 사거리에서 인파를 정리하던 한 경관이 신호등이 바뀐 사이 내 앞에 바짝 다가서더니 "나도 은퇴를 하고 나면 당신처럼 자전거를 타고 신나게 돌아다니고 싶은 게 꿈"이라고, 그때는 몰랐다, 지나고 보니 다른 사람이 하지 못하는 것, 갖지 못한 것들이 나에겐 무수히도 널려 있다는 것을–

난 아직도 나의 존재가 그 경관의 '선망의 대상'을 바라보듯 하던 그 맑은 눈을 기억한다. 지금쯤 그가 페달을 밟고 신나게 꿈을 싣고 달려 나가고 있지는 않을까.

그대 화살나무

화살나무

가슴에 뭉쳐온 이 쪽빛 화살
얼마나 혼자 속을 달구고 태워서 이렇게
붉게 달아오른 걸까

어느 가슴 파열음 한번 만들지 못하고
애꿎은 시위만 당겨온 세월
단심은 사그라져서 잿빛일 텐데
흔적만 빠알간 멍으로
사랑, 그 허망한 약속으로

낯선 태양열

여름 해가 이렇게나 길고도 지루했던가
8월 말 햇살에 모든 게 말라 비틀어져 가는
뜨거운 날의 연속

작열하는 낯선 태양열은 더 부풀어서
무엇이든 태워 삼킬 듯 이글거린다

뉴욕에서 텍사스를 달리는 1,800마일의
3일간 불가마 고속도로 위에는

가을의 화양연화

가을 햇살
나뭇잎 흔들어 영롱한 가을 햇살 뿌리는
왼쪽 산굼부리*엔 몽환의 안개 촘촘히 감아 돌고
덧니처럼 솟은 오른쪽 봉우리에는 태풍 할퀸 하위로
차가움 서린 가을이 번진다

이 풍광 속에는 한눈에 펼쳐진 하루의 시작과 저묾이
한데 걸려 있다

가을은 모든 잎이 꽃이 되는 두 번째 봄이다

– 알베르트 까뮈 –

* 산의 정상

유년의 그림자

해 질 무렵의 추억

생각해 보면 내 유년 시절의 막바지쯤 됐을 때가 아니었을까.
마지막 정열을 쏟아내던 태양이 이제는 지쳤는지 기다란 그림자
를 눕혀갈 무렵 두부장수의 딸랑이는 소리, 무슨 장사의 찍찍
거리며 마이크 켜는 소리, 영희야 철수야 이놈아— 집집마다 어
디로 튀어 나간 아이들을 부르는 소리, 어느 어머니의 칼칼하고
메마른 목소리에 색색 가래 끓는 숨찬 소리까지 귀에 다다를 때
흙담벽 모퉁이를 돌아들면 고등어 태우는 냄새.
그 일상적인 풍경에서 나는 왜 그렇게 쓸쓸해했을까. 왜 그리
도 외로움을 뒤집어쓴 낯선 쓸쓸함이 달라붙었던 것일까.

그랬다, 나는 누나만 넷이어서 번갈아 치맛자락만 잡고 다녀도
심심하기는커녕 다른 친구란 게 필요치 않았다. 어쩌다 그 끈을
놓치게 되면 금세 미아가 되어 누구도 관심 없는 방치된 상태로
돼버린 것이었다.

이제는 같은 해 질 무렵이 되어도 다시는 잡고 있을 치맛자락도
따라다닐 곳도 없으니 쓸쓸함을 차분한 마음으로 배웅해야만
한다.

어느 폐허에서 외치던 스칼렛 오하라의 마지막 대사가 떠오른다. "내일은 또다시 내일의 태양이 떠오르리라"고 하던.

그리 고독하지 않은 고독사

'고독사'의 여전히 부정적인 이미지를 어떻게 하면 불식시킬 수 있을까? 가만히 생각해 보면, 사람이 죽을 때면 평소 소원하게 지내던 친족이나 지인들에게 둘러싸여 죽는 것 또한 이상한 일이다.

독거에 이르게 된 경위는 지극히 개인적인 문제여서 타인이 고독하다느니 어떠니 추측하는 것부터가 잘못이다. 고독사는 대부분이 고독과는 무관한 단시간의 죽음일 텐데 말이다.
죽음은 언제 찾아올지도 알 수 없는데 억지로 나서 어느 집단에 타협하여 그 소속의 일원이 될 필요가 있는지 의문이 든다. 고독을 다독이며 살아온 사람이라면 그 고독사라는 말은 전혀 어울리지 않을성싶다.

또한 어떤 신앙이나 종교를 가지고 그 믿음이 강한 사람이라면 죽음을 하나의 통로로 여겼을 터이고 죽는 것에 대한 두려움이나 슬픔도 그리 크지 않았을는지도 모를 일이다. 그리고 이미 좋은 삶을 살았다고 하는 사람들은 자신의 삶이 지금 끝난다 해도 그리 큰 후회나 아쉬움 없이 초연해질 수도 있지 않을까.

121

바티칸에서의 아침을(1)

불볕 아래 숙성되어가는 긴긴 순례의 행렬이여.

성 베드로 대성당 앞, 긴 줄에 서서 둘러보니 성당의 원형 지붕은 하늘 위로 높고 광장은 드넓다. 그리스도가 공인된 이후인 4세기경 콘스탄티누스 1세에 의해 베드로의 무덤이 있다고 믿어지는 곳에 대성당이 지어지기 시작한다. 성당 지하실 공간에서 출토된 유골 감정결과 서기 1세기경에 사망한 60대 중반의 남성으로 발견 당시 유골이 금실로 수놓은 자주색 천에 쌓여 있고 주위 벽면에는 베드로라는 글자가 많이 새겨진 점등을 고려하면 베드로의 유해일 가능성이 높다고 인정됐다고 한다.

지금도 교황이 미사를 집전하는 제대 밑에는 베드로의 무덤이 있다고 하며 그 뒤편에는 베드로의 의자가 있어서 교황이 정통한 베드로의 계승자임을 강조한다.

120년의 성당 짓기에 교황 21명이 거쳐 갔고 천문학적인 공사비를 충당하기 위해 몇몇 교구에서는 재물을 기증받고 흔히 '면죄부' 소위 '천당티켓'을 남발하면서 종교개혁이 일어나는 불씨가 되기도 했다. 오늘 바라보는 큰 성당의 모습들은 그 옛날 황금의 나라라 하던 엘도라도 페루 같은 나라를 침략하여 착취로 긁어모은 황금은 유럽으로 가져가 어마어마한 성전 안팎을 도색하며 힘찬 부강을 과시한 흔적이 어둡고, 무겁고, 눈부시다.

여기에서 궤변도 아닌 말이 하나 떠오른다. 성경을 읽기 위하여 촛불을 훔치는 건 과연 착한 사람(?) 아닌가 하는 얘기 말이다.

아무튼, 우여곡절 끝에 미켈란젤로도 70세에 공사에 참여하기도 해서 17년 동안을 이끌어 왔다. 생애 마지막 작품이라 생각하고 한 푼의 보수도 받지 않고 천재적인 감각을 발휘하게 된다. 그의 나이 아흔에 다다를 때는 르네상스 건축의 종지부를 찍는 걸작을 남긴다.

이렇듯 여행 가이드 책자를 읽고 있노라면 제대로 이 종교의 역사 얘기를 알게는 되지만 두툼한 장문의 설명이 쉼표를 찍고 싶어진다. 그러나 어쩌랴, 이 깨알 속에 알고자 하는 얘깃거리가 고스란히 담겨 있을 터이니 내칠 수만은 없는 거다.

고통 없이 얻어질 수 있는 게 없으니 No pain no gain, 그러나 요즘은 웬만하면 No pain All gain을 선호하고 싶어진다.

우리 몇몇 일행은 지금 바티칸 정원에 펼쳐진 별도의 건물 안에서 아침 식사를 하기 위해서 긴긴 줄에 엮여 있는 셈이다.

로마의 수많은 교회 가운데 가장 유명하기는 하지만 우리의 인식과는 달리 최고의 교회는 아니다 으뜸 교회라면 로마 교국 대성전의 명예를 간직한 '산 조반니 인 라테라노' 성당이다.

성 베드로 대성당은 종교성과 역사성 무엇보다 예술성이 뛰어났기에 순례지로 유명세를 탄 것이 종교순례의 일환이 아니더래도 유명 예술작품을 감상하고 어느 궁전보다 화려하고 독특한 문화의 배경을 살펴보고자 이 도시국가의 매혹적인 것들로 가득 찬 이곳에 몰려든 거다. 그래서 우리도 긴 줄에 서서 더위에 익어가고 있는 중이다. 이 좁은 문을 통과하려는 첫 관문이 장사진의 한 톨이 되어 로마에서 가장 인기 있는 시스티나 성당, 성 베드로 대성당, 바티칸 박물관을 입성할 수 있는데 어쩌랴.

바티칸에서의 아침을(2)

이상하고 아름다운 신비한 나라.

기나긴 줄의 지루함을 떨쳐내기 위해서라도 다시 책자를 살펴봐야겠다. 허전한 뱃속은 여전히 꾸르륵-, 공허한 그 안에 무너지는 소리를 내어가며 궁핍한 아우성이다.

국가 안에 또 다른 국가가

이탈리아 국가 안에 있는 별도의 도시국가로서 병원이나 교도소 시설은 없어도 자체 축구팀은 건재하도다.

진짜 초미니 국가로서

면적은 109에이커로 뉴욕 센트럴 파크의 8분의 1에 불과하니 엄청 작기는 하네요(여의도 면적의 6분의 1 정도).
센트럴 파크의 loop가 6마일인데 매년 뉴욕 마라톤에 출전하기 위해 이 길을 얼마나 뜀박질했던가.
10년을 뛰면 자동출전 자격을 주는데 6년만 뛰고 그만두게 되었으니 아직도 아쉬움은 식지도 않은 상태이다.

박물관은 어디나 보물창고

바티칸의 54개 박물관에는 70,000여 점 이상의 예술작품이 있다고 하는데 평소에는 20,000여 점 정도가 전시되어 있어서 눈이 시리도록 보고 또 보고 할 기회가 평생에 널려 있다.

'예술은 길고 인생은 짧다, 다시 새겨둘 명언이로다.

헉! 나라 인구가 800명뿐이라고

매년 수백만 명의 구경꾼이 찾아들지만, 이곳을 모국으로 삼은 사람은 요렇게 적네요.

병원이 없으니 이곳에서 태어날 수도 없고 영구 시민도 없다.

시민권은 근무하는 직책에 임명되면 시민권을 취득하고 그 직책이 종료되면 시민권은 반납된다고 하니 인구가 불어날 턱이 없네요.

웬일이야, 와인 소비 최고, 범죄율 세계 최고

인구가 워낙 적기 때문에 1인당 범죄건수가 가장 높다.

구경꾼에 의한 사소한 절도 소매치기 등, 인구대비 와인 소비량도 세계 신기록이라야 성체 성사와 같은 종교의식이 필요한 양이라서 이 기록을 무난히 세울 수 있다고… 하— 그럴 만도 하네요.

오늘도 천국을 찾아 나서는 망원경

자체 천문학 프로그램을 통해 천국을 바라본다.

애리조나주 그레이엄 산봉우리에 바티칸 첨단기술 망원경으로
다양한 주제에 의한 천문연구를 진행 중이시다.

—이 세상 다하는 날, 내 너희를 위하여 새로운 장막을 마련하였
나니….

아, 그곳이 어디에 있을까, 어딘가에 꼭 있을 줄 믿습니다, 아멘.

ATM은 라틴어로만

교황청의 공식 언어로 그럴 만하네요.

라틴어는 깜깜인데 돈 찾기는 다 틀린 거 아닌가 걱정이 앞을
가리네.

그러나 이탈리어도 여전히 바티칸의 공식 언어이니 걱정 뚝입
니다.

노네 프리구스 에스트…(어때요 참 멋지지요)

MVSEI VATICANI

2024.5
David H

바티칸에서의 아침을(3)

나 이제 왔노라 그 넓은 식탁 앞에.

아 그윽한 커피 향, 버터 냄새 고소한 빵 굽는 냄새와 흠, 이건 베이컨 냄새렷다. 저 앞 하얀 건물 안에서부터 흘러나오는 음식 냄새의 속삭임은 우리의 코와 입 오감이 소생하는 에너지원이다. 이제 입구에서부터 붉은 카펫 위로 우리를 인도하려니 기다리는 기쁨이란 게 이런 거구나.

영락없이 신부님인 줄 알았다. 식탁으로 안내하는 검은 정장의 웨이터가, 얼마나 공손(?)하고 낮은 자세로 서빙을 하시는지… 황송할 따름일 저 검은 사제복을 발꿈치 아래까지 길게 늘어뜨려 입은 훤칠한 키에 번들거리는 머리를 숙여 "굿모닝, 웰컴"을 건네신다.

하늘 아래 가장 성스러운 땅으로 선포된 내가 앉은 이 자리 얼마나 거룩한 아침의 성찬이냐. 아무렴, 우리는 창세기 이래 최초의 만찬에 초대받은 것이려니 그러니 어찌 경건하고도 엄숙한 감동이 없으랴. 저마다 아침 식사의 즐거움으로 사방을 두리번거리느라 두 눈에 들어오는 풍경이 온갖 새롭다.

우리를 안내했던 그 키 큰 신부님이(?) 스쳐 갈 때 흠칫 순간을 멈추고 그를 올려다보았다. 아 그동안 오래 잊고 있던 '아라미스' 향을 그에게서 찾아내었던 것이다.

아니 그가 '아라미스'였다.

잘생긴 얼굴의 윤곽은 조각처럼 또렷하고 눈매는 오마 샤리프처럼이나 깊게 패 그의 젖은 동공이 참 맑기도 하다.

식탁 위의 접시와 포크 찻잔 등에는 아름다운 문양과 신비스런 색채가 흐른다.

−커피는 미지근한데 커피잔은 묵직한 예술품이네.

−베이컨이 굳어서 끝이 날카롭다, 모두 입조심 하도록.

−저희들에게 상을 차려주시고 굶주림을 몰아내시니 저희 커피 잔도 가득합니다. 낱낱이 맺어진 농민의 피땀이니라 감사하는 마음으로…

딱따구리 언니의 말이 제법 엄숙하기로 우리는 모두 '아멘' 하고 외쳤다.

이런저런 말 주고받으면서 우리의 식사시간은 그렇게 무르익어 갔다.

2022·5
Daniel He

131

바티칸에서의 아침을(4)

거룩한 성찬이여 성스러운 전율이여.

아 이런 곳에서 차려준 밥상이라면 더 바랄 게 있을까.
우리 일행은 성스러운 전율도 느끼면서 이 분위기를 가꾸고 싶
은 거다.
차갑고 뜨거운 커피를 섞어 마시는 아무개는 이것이 레드와인이
라면 이 아침이 더 영롱했으리라며 엄청 아쉬운 표정이다.
그러면서, 우리 몸은 음식물이 지나는 거룩한 통로이니 온전한
식생활로 소중하게 여길지어다.
성체성사의 흉내라도 내고 싶은가보다.

저 창문 옆 밝은 햇살을 가슴에 받쳐 든 은발의 노부부가 엄숙
한 표정으로 반쯤 감긴 눈을 하고 성호를 긋는다. 가히 장엄미
사곡 연주자의 손놀림만큼이나 경건해 보이지 않는가.
이 장소에서 이 시간을 더 머무르고 싶은 순간이지만 서서히 밀
물처럼 다가오는 순례자 행렬 같은 인파에 자비를 베풀기로 하
고 문밖으로 향하니 유난히 새하얀 비둘기들이 모여 구구 거리
며 전송을 한다.

우리가 나온 문 앞에서 그 '아라미스' 신부님이(?) 빠이빠이 손을 흔든다.

아! 아라미스(Aramis) 그는 누구인가. 알렉산드로 듀마의 '삼총사' 중에서 가장 멋지고 잘생긴 미남 검술사이시다. 얼마나 잘도 생겼기에 "공주검사" 라 별명이 붙었을까.

알센루팡, 로빈 훗, 윌리엄 텔 모두가 검과 화살로 노팅엄의 숲과 들판을 누비며 신출귀몰처럼 나타나고 사라지는 의적 같은 활약을 했던 것이다.

캔디 스토어에는 Milky Way, snicker bar, pay day 등 참 많기도 하지만 역시 3muscketeers(삼총사) 초코바가 크고 잘 생겨서(?) 눈에도 잘 띈다.

에스티 라우더 화장품이 60년대부터 출시한 제품 중에서 꾸준히 판매고 1위가 단연 '아라미스' 향수다. 모든 향수 수집 중에서 가장 사랑받는 이름이 오늘까지도 변함이 없다.

'내 남자의 향기는 아라미스'

'남의 기분을 건드리지 않는 향수'

톰 포드(Tom Ford), 불가리(Bvlgari)보다 선호도가 높은 귀하신 몸이시다.

그런데 여기 다른 색깔의 향수가 또 하나 있기는 하다.

'샤넬 5'

-당신의 잠옷 색깔은 어떤 거지요?

-거추장스러운 잠옷은 안 입고 샤넬5만 입고 잠들지요.

메릴린 먼로의 이 대답 한마디가 흥행을 대박으로 가는 물꼬를
터서 샤넬의 입지조건을 튼튼히 구축한 거다.

세상에 샤넬5 모르는 여자가 있을까. 남자는 더 많이 알고 있을
걸.

바티칸에서의 아침을(5)

썩어가는 지구 옆 토비한나의 수스케한나.

성 베드로 대성당 뒤편 잔디밭 정원 안에 커다란 황금색 지구가
놓여 있고 군데군데 함몰된 검은 자국들은 '썩어가는 지구'의 모
습이다. 어느 지구의 날에 프란치스코 교황은 [우리 지구를 위
한 기도]를 하며
－우리가 이 세상을 훼손하지 않고 보호하게 하시며 오염과 파괴
가 아닌 아름다움의 씨앗을 뿌리게 하소서
라고 전했다.

"수스케한나"
박물관을 향할 때 큰 이름표를 달고 다가오는 한 중년 부인이
그리 낯설지 않은 모습이다.
그 이름의 직감이 그랬다.
작년 여름 펜실베이니아 포코너의 '토비한나' 캠핑장에서 우리
텐트 앞 건너편 텐트 앞에 큼직한 널빤지에 걸려 있던 '수스케한
나'를 기억한다.
삼 일째는 그 궁금증이 증폭되어 물어본 적이 있었는데 바로 그
때의 그 당사자가 아닌가.

뉴욕, 펜실베이니아, 메릴랜드까지 가로지르는 미 동북부의 강 이름이란 걸 나중에야 알았다.

아름답고 깨끗한 강 유역과 계곡의 빼어난 전망을 자랑하며 전통적인 통나무 농장 주택 주민들이 매우 친절하기로 널리 알려졌다는 것과 그들은 어디를 가도 이름표 하나는 큼직하게 내걸고 다니는데 인디언 원주민 혈통을 이어가는 그들은 이 강의 이름을 무척 사랑하고 자랑스러워하기 때문이라는 것이다.

펜실베이니아주 의사당 역시 이탈리아 르네상스 건물로써 성 베드로 대성당을 기반으로 설계되었다는 사실을 오래전부터 알고 있었기에 직접 둘러보니 거의 똑같은 모습에 아주 반가웠노라고 수스케한나 부인은 활짝 웃음을 펼쳐 보인다.

내년 여름에 다시 '토비한나'에서 만나자며 두 손 흔들고 뒷걸음으로 멀어져 갔다.

고대 로마의 자취란 게 신전, 궁전, 동상, 돌기둥 등등…모두가 이러니 이탈리아는 돌문화 예술이라고 할만도 하겠다.

조각상 하나만 보더라도 근육이 힘차게 솟아 뒤틀어진 조각은 이래야 하는가 보다.

팔다리 어깨 등 육신의 군살을 남김없이 덜어낸 힘살이 꿈틀거린다.

[로마의 휴일] 영화 중에서 '진실의 입' 돌벽에 기대어 이렇게 서보니 하얀 반팔 블라우스를 입은 오드리 헵번의 모습이 떠오른다.
그가 발 딛고 서 있던 왼쪽 벽쯤에서 발 위치를 가늠하며 디뎌 본다.
[로마의 휴일]과 [티파니에서 아침을]에서 그 요정의 얼굴이 감미롭고도 아련하게 피어나는데, 어느 날 홀연히 떠난 그 여인의 잔상이 문득 물안개 피어오르듯 한다.

1 [로마의 휴일]에서

일탈을 꿈꾸는 앤 공주-
로마를 방문한 앤 공주는 쉴 새 없이 끌려다니는 행사에 지치고 힘겨워서 마침내 창가로 빠져나가 잠시 자유를 만끽하며 벌어지는 로맨스 코미디 영화다.
공주는 길거리를 다니며 사람 구경, 물건 구경, 신발도 사고 머리를 자르고 아이스크림도 사 먹는다. 담배도 펴보고 처음으로 오토바이를 운전하다가 잘못하여 경찰서로 끌려가기도 하고…

'진실의 입에서'
오드리 햅번이 그레고리 펙의 암벽 같은 가슴팍을 계란만 한 두 주먹으로 팡팡 쳐대다가 구름 같은 그의 가슴에 폴 싹 안기는 모습을 떠올리는 것만으로도 우리는 포근한 행복의 찰나에 무임승차 하는 거다.

2 [티파니에서 아침을]

수직상승의 신분을 꿈꾸는 여인-
뉴욕시 어느 가난한 아파트에서 혼자 살아가며 부유한 남자와의 만남을 통해 화려한 수직상승의 신분을 꿈꾸는 역시 로맨스 코미디 영화다. 자나깨나 상류사회에 진입할 길은 오직 이것이 유일한 행복의 길이라 믿고 있기에 그의 마음은 추호의 흔들림이 없다.

아파트 창가에 걸터앉아 기타를 연주하며 부르는 그의 모습에서 '문 리버'(Moon River)가 얼마나 아름답게 피어나던가. 그 후 후랭크 시나트라, 루이 암스트롱, 앤디 윌리엄스, 엘튼 존 같은 가수들이 그 요정 같은 모습에 매료되어 세상 구석구석까지 목청 높여 많이도 불러댔다.

그 후 그녀가 세상을 뜬 해에 아카데미 시상식에서는 그를 추모하며 이 음악의 흐름이 장내 고요를 잠재웠다.

[사브리나] [로마의 휴일] [티파니에서 아침을]에서 모두 비슷한 모습을 하고 있지만, 지루하기는커녕 그의 얼굴엔 세월이 흘러도 여전히 달콤한 사랑이 새록새록 찾아드는 걸 어쩌겠는가. 이 세 편의 영화에서 그녀의 세련된 패션 감각과 맑고 고운 큰 두 눈망울과 미소, 청순한 자태를 볼 수 있는 것만으로도 우리에게 안겨준 즐거움을 선사 받은 것이다.

아, 그토록 귀엽던 여인, [로마의 휴일]과 [티파니에서 아침을] 떠올릴 때 [바티칸에서의 아침을] 덩달아 묶어 기억해 주면 얼마나 좋을까… 명주실 같은 실금이 엷은 미소를 그려낸다.

〈평설〉

바닷물결을 닮아 가는 그림 그리기의 시학
-제2시집『바티칸에서의 아침을』

강정실
(한국문인협회 미주지회 회장)

1. 서론

한만수 시인은 20년 넘게 평지가 아닌 야트막한 산을 향해 달리고 있다. 4개의 산을 뛰어오르고 내려오면 2시간 남짓 13마일 거리가 된다고 한다. 해진 수첩의 깨알과 같은 V표 흔적을 살펴보면 하프마라톤 500회는 훌쩍 넘는 횟수가 되었다고 한다.

나이 들어 아름다운 노년을 보내기란 그리 쉽지 않다. 살되 어떻게 사느냐가 중요하듯이, 1회적인 삶을 바라보는 시선은 행복하기만 할 수는 없기 때문일 것이다. 존재에의 자각은 인간의 한계를 벗어나 신의 영역을 기웃거리는 벗어남에서 비롯할 것이다. 여기서 벗어남이란 바로 존재에의 인식과 함께 끌어안는 자각이요, 철학화일 것이다. 이렇듯 한만수의 시는 과거의 기억을 아름답게 포장하지도 아니하고 현실의 인식과 살아가는 인간에 대한 사랑을 주조하고 있다. 어릴 때 친구와의 이야기, 어머니에 대한 기억, 군 생활에서의 옛 기억을 간직하려는 듯 미 해군 태평양 사령부 7함대에서 근무했던 바다 이야기가 다시 등장하고, 바티칸을 방문한 일상을 5편으로 서사적 장시로 엮어내고 있다. 이런 와중에도 스케치북을 펼쳐 펜으로 그림 그리기는 일상이 된 듯 제1시집 『영혼의 표정』에 이어, 3년 만에 발간하는 5부로 편성된, 제2시집 『바티칸에서의 아침을』은 시 68편과 스케치 35편을 한데 모아 발간한다.

2. 들어가기

빡빡이가 완주를 못한 건
뜨겁게 달구어진
머리통 때문이 아니었다

무릎 휘감는 맞바람은
거센 물결의 저항만큼이나 힘들어도
발꿈치 꾹꾹 눌러 밟고 잘도 달려왔다

조금 전 지나친 왼쪽 소나무 숲 모퉁이의
교회 묘지 입구에 흔들리는 팻말이
왠지 마음을 자꾸 흔들어 놓고 있는 거다
텅 빈 머릿속을 나들목처럼
들랑거리던 까만 글씨들이
건각의 근육을 삭혀버렸다나

'오늘은 내 차례 내일은 네 차례
너희는 아침에 든 선잠 같고 저녁에 사라지는
풀과 같으니라'

오늘의 복음말씀 한 줄

아 덮친 데 겹친 격이라더니
또 다른 말씀은 웬 말이냐
헛되고 헛되니 헛되고 헛되도다
건각의 힘살이 헛되고 헛되도다

−⟨빡빡이 마라톤(1)⟩ 전문

그의 말처럼 새벽 여명이 펼쳐지는 지형의 이음새와 능선이
완만하게 펼쳐져 있는 곳을 달려 나간다. //조금 전 지나친 왼
쪽 소나무 숲 모퉁이의/교회 묘지 입구에 흔들리는 팻말이/왠
지 마음을 자꾸 흔들어 놓고 있는 거다// 달리면서 주변의 무
덤가를 보며 Hodie mihi, cras tibi, '오늘은 내 차례 내일은 네
차례'라는 복음을 되새기며 달린다. ⟨여명의 울림⟩에서는 아름
다운 경관을 보며 달릴 때는 모세오경 중 천지창조의 날과 인
간 탄생의 성경 구절을 되새기며 "감사합니다."라는 신앙고백
도 한다. 간혹 마라톤 대회에 참가하기도 한다. 마라톤 대회에
서의 시 ⟨빡빡이의 마라톤(2)⟩에서는 //번호표,/안경,/모자/손
바닥 펴 꾸욱 눌러쓰고//출발선에 들어서면/매번 새롭게 다가
오는 설레임//중략//아, 뛰는 게 별건가/닦고,/조이고,/기름
치는 일,/늘 우리가 해오던 그대로//라고 표현하고 있다.

왜 달릴까? 화자는 산을 향해 달리고 오름은 하루치를 다져
넣는 시간이기에 그렇다. 이렇게 뛰는 일은 자신만이 느낄 수
있는 자유의 경험, 관찰과 몽상이 넘치는 원천의 행위라고 고
백한다. 그러면서 고독의 축복을 즐김은 얼마나 한가로운 평안

함이라 스스로 독백처럼 외친다.

어두운 마루 밑에 등 구부린
어머니의 뒷모습,

"왜 거기까지 들어가 · 셔 · 서 …"
누나의 염려스런 낮은 목소리 잇기도 전에
"죽으면 썩을 몸 아껴서 뭐 하니?"

구석에 쌓인 먼지 쓸어 내오시며
귀에 걸어 주시던 저미는 한마디,

날 저문 발길이 저릴 때
눈감아 짚어 보던 귀걸이
그 마디마디의 굴곡은 오늘의 버팀목 있었네

그건, 손안에 호두알 같은 익숙한 세월의 지침서
움켜쥐지 않아도 떨어지지 않는
                                    -〈어머니의 귀걸이〉 전문

친구

야 임마
이 자식 저 자식
밀고 당기고
곤두박질
개부럴

144

넌, 소부럴

툭 하면 코피냐?
네놈은 사람 잡는 돌주먹 백정놈!
멱살 잡고 걷어차이며 똥개 동무

강남 가자
그래, 청산도 가자

번호표 쥐고 긴 줄 서서 지루해할 때
내 그림자 안에 너의 얼굴이 다가온다
—〈똥개친구〉 전문

 날이 저물고 잠자리에 든다. 오늘따라 쉽게 잠들지 아니한
다. 머릿속에는 고향 개울가에서 흐르는 물소리가 들려온다.
그 물소리는 화자가 동네 어귀에서 아이들이 맘껏 질러대는,
온갖 음성들이 기하학적으로 무늬가 되어 화자의 두 귀를 육박
해 온다.//개부럴/넌, 소부럴/툭 하면 코피냐?/네놈은 사람 잡
는 돌주먹 백정놈!/멱살 잡고 걷어차이며 똥개 동무//가 다가
오는 듯 들려온다. 그러다 다시 날이 저물어 가는 날, 불현듯
//어두운 마루 밑에 등 구부린/어머니의 뒷모습,/"왜 거기까지
들어가 · 셔 · 서…"/누나의 염려스런 낮은 목소리 잇기도 전
에/"죽으면 썩을 몸 아껴서 뭐 하니?" 곧이어 누나의 이야기와
어머니의 짧은 푸념 섞인 넋두리가 들려온다. 그것은 손안에
호두알 같은 익숙한 세월의 지침서 같고 움켜쥐지 않아도 떨어
지지 않는 고향과 가족에 대한 그리움이다. 그렇다. 나이가 들

어가면서 사소한 일상에도 늙은 수소의 질긴 가죽과 같은 고향의 멍에와 어릴 때 함께 놀던 친구의 얼굴을 목에 걸고 다닌다. 복잡하게 얽히고설킨 소리는 고향에 대한 하나의 벽이요, 소외감에 빠지게 하는 요인들이다. 이런 소리는 화자로 하여금 점차 스스로 만든 하나의 벽 안에 갇혀 이질적 도시에서 살아가는 소시민의 생활이다.

미국 US Highway 50번 도로는 네바다 구간을 직통으로 가로지르는
약 400마일(700km)의 거리에 달하는 직선 구간이다
마을도 사람도 휴게시설 그림자조차도 찾아볼 수 없고
가스 스테이션도 없는 그야말로 끝 간곳없이 실금처럼 뻗어 나간
가장 외로운 도로이다

황량한 사막 한줄기 선상 위에 점으로 바동이며 무저갱(無底
坑)으로
빨려드는 느낌에 이 길은 유령의 길이라 해야겠다

빌딩숲에 파묻혀 있으면 미국은 서 있다고 말하고
이렇게 펼쳐진 길 위에 있으면 미국은 누워 있다는 말이 맞다

길, 인연의 시작이든 단절의 끝이든 만나고 헤어지는 길
비좁은 갓길, 자갈길, 샛길, 실핏줄처럼 이어지고 끊어진 그 많은
길들, 어느 곳 하나 못 갈 길은 없다
우리는 황천길도 몰려가지 않는가
                              −〈세상에서 가장 외로운 도로〉 전문

새소리 하늘 높이 올라오면
구름은 낮게 낮게 내려와
좀 더 가까이서 듣고 싶은가보다
서성이듯 머뭇머뭇
한 무리 새털구름

새 소리 바람 소리
퍼져 나가는 저 산등성이
등고선 끝 자락쯤에
구름은 한참 낮아져서

소리 흥겨워 구름 날개 펼치고
그 소리 에워싸듯 새털구름

                                    - 〈새털구름〉 전문

   미국고속도로 50번의 네바다 구간의 직통 700km 거리다. 도
로 주변에는 도시의 흔적은 아예 찾을 수 없는 그야말로 실금
처럼 뻗어 있는 가장 외로운 도로에서 //황량한 사막 한줄기
선상 위에 점으로 바동이며 무저갱(無底坑)으로/ 빨려드는 느
낌에 이 길은 유령의 길이라 해야겠다/빌딩숲에 파묻혀 있으
면 미국은 서 있다고 말하고 /이렇게 펼쳐진 길 위에 있으면
미국은 누워 있다는 말이 맞다//고 한다. 이 직통 700km의 유
령 같은 도로 옆으로 〈새털구름〉에서는 //새소리 하늘 높이 올
라오면/구름은 낮게 낮게 내려와/좀 더 가까이서 듣고 싶은가
보다/서성이듯 머뭇머뭇/한 무리 새털구름//새 소리 바람 소
리 /퍼져 나가는 저 산등성이/등고선 끝 자락쯤에/구름은 한참

낮아져서// 비를 맞으며 그 또한 소소한 행복이라고 화자는 노래한다. 이처럼 화자의 시는 검소하되 누추하지 아니하다.

은파를 타고 하늘로 이어지는 한 줄기 바람 터널 위에서

꽃구름 하늘 파도와 속삭일 땐
시편을 노래하고
서녘이 붉어지면 잠언서를
꺼내 읽을 일이다

저 멀리 구름 속으로 사라지는 외줄기 잔상이여
갈매기들은 물속에 잠기는 다리를
끌어 올리려고 분주한 날갯짓이다

그곳에 가면 애드거 앨런 포우의 검은 고양이 후손들이
찾아드는 사람들을 살갑게도 맞이한다
헤밍웨이가 살던 집을 상속받은 고양이들의 안식처 되어

해평선 저쪽 열쇠고리 모양을 한
Key west 작은 섬에는
　　　　　　　　　　　　　　　　−〈세븐마일 브리지〉 전문

세븐마일 브리지는 미국 플로리다주 먼로 카운티의 플로리다 키스에 있는 다리다. 이 위치에 두 개의 다리가 있다. 현대식 다리는 차량 교통에 개방되어 있고, 오래된 다리는 보행자와 자전거만 통행할 수 있다. 사방이 툭 터인 누마루에 앉아

있는 듯, 자전거를 타고 천천히 아주 천천히 다리를 건너면 이렇게 훌륭한 여백제가 눈앞에 나타난다. 신·구형이 함께 어울리는 두 다리 사이로 갈매기는 날고 바다와 하늘의 풍경에 두둥실 떠 있는 구름을 보며 뒤죽박죽된 마음의 진창을 비추기도 하는 다리를 혼자서 여행한다. 어느덧 바닷물결을 닮아 가는 시인은 스케치북을 꺼낸다. //그곳에 가면 애드거 앨런 포우의 검은 고양이 후손들이/찾아드는 사람들을 살갑게도 맞이한다/헤밍웨이가 살던 집을 상속받은 고양이들의 안식처 되어… // 세븐마일 브리지에 나오는 시어이다. 인간은 지향이 있는 한 마음속으로 방황한다. 올바른 목적에 이르는 길은 어느 구간에서든 화자는 긴 두 다리 중 자전거를 타고 움직이며 자연의 새가 되어 있는 듯한 착각을 느끼게 한다. 그러다 한 곳에 앉아 그림도 그리고 소소한 행복을 느끼며 〈소확행〉, 〈오색 물소리〉, 〈달색은 색의 영혼〉 등의 시를 계속 써내려 간다. 화자는 바로 풍경 사진잡지를 펼쳐 보여주듯 감각적인 묘사와 문체의 미학을 성취하고 있다.

숨바꼭질 같은 숨소리가 후덥지근한 토요일 오후다.
점심시간 후 식당을 나와 숙소로 향하던 우리 둘은 갑작스런 천둥·번개 장대비 소나기에 오기가 났을까 천연스레 슬슬 걸어가고 있었다. 아니 좀 더 느리게. "옷 벗어젖히고 한번 튀어 나갔으면 정말 시원하겠다" 둘은 씽긋 웃으며 짧게 두 눈이 마주쳤다. "내 말이 그 말!!"

누가 뒤질세라 옷 탈출 동작 시작이다. 사타구니 불개미라도 털어내려는 듯, 번개처럼 훌훌 번쩍번쩍 군모, 족쇄 같은 군화, 옷가지 나부랭이 죄다 벗어 내팽개쳐대고… 드디어 알몸으로 빠져나갔다. (이게 다 불쾌지수 때문이다…) 우리는 중얼거리며 트랙이 탁 트인 장교숙소 쪽으로 뛰기 시작해서 언덕 위로 뛰는 순간 굵다란 빗줄기는 머리, 얼굴, 가슴팍 할 것 없이 온몸을 거칠게도 후려쳐 댔다.

짚차 3대가 지나가는 동안 물벼락 빗줄기는 희미한 헤드라이트도 두꺼운 차단막이 되어 서로 전혀 분간하기 어려웠다. 그때까지만 해도 이 굵은 빗줄기가 얼마나 다행인가 하고 생각하면서. 그런데 정수리 내리치는 물 폭탄에 머리를 똑바로 들 수 없을 지경이었고 두들겨 맞는 어깨 통증이 얼얼해 감각은커녕 쇄골이라도 바스러지는 건 아닐까 겁이 날 지경이었다.

(중략)

월요일, 1일 게시판 노란 종이 위에 'Looking for naked runner'(발가벗고 뛴 놈들 찾음) 문구가 펄럭이고 있었다 중략 우리는 완전 범죄를 확신이라도 하는 듯 서둘러 쾌재에 즐거운 전율을 느끼고 있었다 중략 지난 일 년간 재미있던 얘깃거리를 모은 글이 뽑히면
넓은 본부석 텐트 안에서 시상식을 하기도 하였다 마치 4개월 전 빗속을 뛴 얘기를 그럴듯하게 각색하여 나중엔 근사한(?) 상까지 받을 줄이야.
갑판장교는 정사각형 큼직한 선물상자를 건네며 악수를 굳이 청한다/중략/주춤이며 머뭇거리다 열어 보니, 눈부시게 빛나는 스텐레스 요강이 번쩍이며 드러났다 /중략/ 모두가 킬킬거리고,

박수소리, 휘파람이 높이 솟아올랐다/순간 '휘리릭' 짧은 호루라기 소리에 그 뒤를 돌아보니 풍보 보안 장교가 그날의 진범으로 체포한다며 수갑을 높이 흔들어 보이는 게 아닌가

-〈저 빗속으로〉 부분

나무는 외롭다
아침 말간 햇살에 하얗게 부서져 내린 눈
겨울 새벽 눈으로 뒤덮이고 얼어붙은 나무는 더욱 혹독하고 외롭다
오늘 고드름처럼 얼어 서 있는 나무에도 봄의 전령은 반드시 찾아와
나뭇가지 속눈썹을 간지럼 태우고 눈도 뜨게 해줄 것이다

어쩌다 바람이 달려오면 나무는 일렁이는 흔들림으로
서로 다가가 안긴다, 우리의 흔들림은 어떤가
사랑과 미움, 시기와 질투 모두 이 흔들림의 결과물이다

바람은 나무의 손이 되어 허공을 긁어대는 가지 손가락이
모리스 부호를 쳐댄다
-그대, 반려나무 한 그루 키우시구려-

-〈나무의 타악 1악장〉 전문

수군통제사 충무공 이순신 장군이
수군을 훈련 양성하던 곳이니
오늘의 해군 훈련소라
바다의 방패가 되고자 하는 사람이면
한번은 부디 방문 참배할 일이다

역사의 성지라 하는 이곳에는
충무공의 옛 흔적이 고스란히 남아 있고
왜적의 간담이 서늘했을 서슬 퍼런
장검에 무거운 빛이 서려 있다

현존하는 조선시대 최대의 단일 목조건물로
400여 년을 버티고 있다

통영 제일의 명당자리에 웅장한 이 모습
빛바랜 단청 무늬는 세월의 흔적 그대로
화석화되어가는 중이다
　　　　　　　　　　　　　　－〈다시 보는 세병관〉

　제1시집에서 〈바다에 살고지고〉는 1부와 2부로 화자의 객관
적 체험을 바탕으로 과거 군대 시절을 회상하고 있다. 제2시집
에서도 〈저 빗속으로〉가 1부와 2부의 형식으로 해군 시절에 있
었던 낭만적이고 관능적인 사건을 길게 다루고 있다. 마치 헌
사(獻詞)처럼 들린다. 읽다 보면 웃음이 나온다. 어느 토요일
오후 점심을 먹고 숙소로 향하는데, 갑작스러운 천둥·번개와
함께 장대 같은 소나기를 통과해 두 고참은 발가벗은 채 숙소
로 뜀박질한다. 4개월 뒤 갑판장교로부터 받은 선물상자에는
햇빛에 반짝거리는 스테인리스 요강이 들어 있었고, '휘리릭'
짧은 호루라기 소리에 그 뒤를 쳐다보니 뚱보 보안장교가 그날
의 진범으로 체포한다며 수갑을 높이 흔들어 보이는 퍼포먼스
가 있었던, 50여 년 전의 요강단지의 기억이다.

〈나무의 타악 1악장〉에서는 가지의 흔들림과 우리 인생의 5감을 이야기한다. 그러다 느닷없이 바람은 나무의 손이 되어 허공을 긁어대는 가지 손가락이 "모리스 부호(Morse code)를 쳐댄다."라고 시인은 말한다. 모리스 부호가 무엇인가? 바다에서 육지로, 육지에서 바다로 서로 소통하는 장음과 단음을 조합한 신호이다. 화자의 머릿속에는 바다에서의 기억을 문학의 향한 가상세계의 성(城)으로 존재인식의 길 떠남에도 간직하고 있는 것이다. 비록 낯익은 화소지만 그의 가슴에는 변용과 치환의 상상력을 발휘하고 있다. 그런가 하면 〈다시 보는 세병관〉에서는 //수군통제사 충무공 이순신 장군이/수군을 훈련 양성하던 곳이니/오늘의 해군 훈련소라-/바다의 방패가 되고자 하는 사람이면/한번은 부디 방문 참배할 일이다.// 요즈음 부쩍 강도가 높은 지진과 폭우가 곳곳에서 일어나고 있다. "바다가 일어나는 것을 보았습니다. 늘 보던 파란 파도가 아니었습니다. 아이들이 뛰놀던 여름 바다의 눈부신 모래밭이 아니라 산처럼 무너지는 것은 파도였습니다. 강한 쓰나미였습니다." (이어령, 중앙일보, 2011년 3월 15일). 화자의 글을 따라가다 보면 살아온 날의 시계를 자신의 분신으로 가상하는, 등가관계를 그 메타포가 주는 감동의 진폭을 배가하게 한다. 이같이 그의 젊고 패기 있던 군대의 시절 기억은 다원적 시로 독자에게 사고와 상상을 가능케 한다. 이는 과거의 아름답던 기억을 소환해 내어 똑 닮아 있는 소멸을 원치 않고 간직하고 싶은 것이다. 인생의 황혼기에 접어들게 되면 젊었을 때의 과거를 진솔하게 표현하게 된다.

불볕 아래 숙성되어가는 긴긴 순례의 행렬이여.

성 베드로 대성당 앞, 긴 줄에 서서 둘러보니 성당의 원형 지붕은 하늘 위로 높고 광장은 드넓다. 그리스도가 공인된 이후인 4세기경 콘스탄티누스 1세에 의해 베드로의 무덤이 있다고 믿어지는 곳에 대성당이 지어지기 시작한다. 성당 지하실 공간에서 출토된 유골 감정결과 서기 1세기경에 사망한 60대 중반의 남성으로 발견 당시 유골이 금실로 수놓은 자주색 천에 쌓여 있고 주위 벽면에는 베드로라는 글자가 많이 새겨진 점등을 고려하면 베드로의 유해일 가능성이 높다고 인정됐다고 한다.

지금도 교황이 미사를 집전하는 제대 밑에는 베드로의 무덤이 있다고 하며 그 뒤편에는 베드로의 의자가 있어서 교황이 정통한 베드로의 계승자임을 강조한다.

120년의 성당 짓기에 교황 21명이 거쳐 갔고 천문학적인 공사비를 충당하기 위해 몇몇 교구에서는 재물을 기증받고 흔히 '면죄부' 소위 '천당티켓'을 남발하면서 종교개혁이 일어나는 불씨가 되기도 했다. 오늘 바라보는 큰 성당의 모습들은 그 옛날 황금의 나라라 하던 엘도라도 페루 같은 나라를 침략하여 착취로 긁어모은 황금은 유럽으로 가져가 어마어마한 성전 안팎을 도색하며 힘찬 부강을 과시한 흔적이 어둡고, 무겁고, 눈부시다. 여기에서 궤변도 아닌 말이 하나 떠오른다. 성경을 읽기 위하여 촛불을 훔치는 건 과연 착한 사람(?) 아닌가 하는 얘기 말이다.

아무튼, 우여곡절 끝에 미켈란젤로도 70세에 공사에 참여하기도 해서 17년 동안을 이끌어 왔다. 생애 마지막 작품이라 생각하고 한 푼의 보수도 받지 않고 천재적인 감각을 발휘하게 된다. 그의 나이 아흔에 다다를 때는 르네상스 건축의 종지부를 찍는 걸작을 남긴다.

이렇듯 여행 가이드 책자를 읽고 있노라면 제대로 이 종교의 역사 얘기를 알게는 되지만 두툼한 장문의 설명이 쉼표를 찍고 싶어진다. 그러나 어쩌랴, 이 깨알 속에 알고자 하는 얘깃거리가 고스란히 담겨 있을 터이니 내칠 수만은 없는 거다.

고통 없이 얻어질 수 있는 게 없으니 No pain no gain, 그러나 요즘은 웬만하면 No pain All gain을 선호하고 싶어진다.

우리 몇몇 일행은 지금 바티칸 정원에 펼쳐진 별도의 건물 안에서 아침 식사를 하기 위해서 긴긴 줄에 엮여 있는 셈이다.

로마의 수많은 교회 가운데 가장 유명하기는 하지만 우리의 인식과는 달리 최고의 교회는 아니다 으뜸 교회라면 로마 교국 대성전의 명예를 간직한 '산 조반니 인 라테라노' 성당이다.

성 베드로 대성당은 종교성과 역사성 무엇보다 예술성이 뛰어났기에 순례지로 유명세를 탄 것이 종교순례의 일환이 아니더래도 유명 예술작품을 감상하고 어느 궁전보다 화려하고 독특한 문화의 배경을 살펴보고자 이 도시국가의 매혹적인 것들로 가득 찬 이곳에 몰려든 거다. 그래서 우리도 긴 줄에 서서 더위에 익어가고 있는 중이다. 이 좁은 문을 통과하려는 첫 관문이 장사진의 한 톨이 되어 로마에서 가장 인기 있는 시스티나 성당, 성 베드로 대성당, 바티칸 박물관을 입성할 수 있는데 어쩌랴.

　　　　　　　　　　　　　-〈바티칸에서의 아침을(1)〉 전문

　화자는 2022년 2주간 바티칸을 방문하고는 〈바티칸에서의 아침을〉의 일상을 기행문 스타일의 연작시로 5편을 만들어 낸다. 평자가 40여 년 전, 유럽 여행 중 바티칸에 도착하고 반바지를 입었다는 이유로 베드로 교회에 입장 못하는 촌극이 벌어

졌던 곳이라 더 눈에 간다. 영화배우 오드리 헵번과 그레고리 펙이 주연하는 흑백영화 〈로마의 휴일〉, 일정에 꽉 짜인 답답한 왕실의 삶을 벗어버리고 싶었던 공주가 신경안정제 주사를 맞고도 잠들지 아니하자 몰래 거리로 나와 우연히 만나게 된 신문기자와 전혀 새롭게 전개되는 영화, 종국에는 그들에게 다가올 시련과 고통, 신분파괴라는 인간적 삶의 기반을 송두리째 흔들고야 말 불행한 사태를 감지한다. 그러면서도 서로는 어쩔 수 없이 점점 사랑이라는 깊숙한 수렁으로 자신을 내몰고야 마는 어리석음, 꼭 헤어져야 할 운명인 이별을 슬프지만 각자 당당히 돌아서는 고전적인 작품이다.

화자는 뉴욕에 거주하고 있기에 〈티파니에서 아침을〉을 새롭게 기억할 것이다. 영화에 나오는 상점과 뉴욕의 상류사회에 진입하기를 열망하는 홀리를 통해 하류층의 삶과 애정을 적나라하게 묘사하고 있다. 영화의 주인공 홀리는 달빛 은은한 밤의 인간적 서정을 느끼면서도 부와 상류층의 상징인 보석상 '티파니'를 동경하기에 꿈과 현실의 괴리감을 피할 수 없다. 이 때문에 가난한 작가 폴과 색다르고 부드러운 사랑을 나누면서도 부자를 찾아 헤매게 된다. 감성적이고 아름다운 사랑 이야기인 동시에 빈부 격차 등 대도시가 안고 있는 문제점들에 대한 통찰력을 느낄 수 있다는 영화 두 편에 대한 이야기를 다루고 있다.

이 시속에는 남다른 삶을 체험한 그만의 독특한 세계가 펼쳐지고 있음을 간파할 수 있다. 그런가 하면 잠 못 자는 시애틀의 이름을 채용한 듯 〈잠 잘 자는 시애틀의 밤〉도 등장한다. 화자는 이곳을 짧은 시로 표현하기는 창작적 제한이 있어 긴

글로 만들어 나갔을까? F. Mauriac의 말과 같이 "소설적 표현, 모든 인간 속에서 가장 신을 닮은 사람"이라고 했음을 상기할 때, 아마도 화자는 평생토록 체험 속에서 걸러진 삶에 천착한 진실된 사상을 길게 묘파해 내고자 했을 것이다. 특히 그의 해학적이고 끊일 줄 모르는 입심이 그로 하여금 창작에 집념을 불을 댕겼으리라 생각된다.

'고독사'의 여전히 부정적인 이미지를 어떻게 하면 불식시킬 수 있을까? 가만히 생각해 보면, 사람이 죽을 때면 평소 소원하게 지내던 친족이나 지인들에게 둘러싸여 죽는 것 또한 이상한 일이다.

독거에 이르게 된 경위는 지극히 개인적인 문제여서 타인이 고독하다느니 어떠니 추측하는 것부터가 잘못이다. 고독사는 대부분이 고독과는 무관한 단시간의 죽음일 텐데 말이다.
죽음은 언제 찾아올지도 알 수 없는데 억지로 나서 어느 집단에 타협하여 그 소속의 일원이 될 필요가 있는지 의문이 든다. 고독을 다독이며 살아온 사람이라면 그 고독사라는 말은 전혀 어울리지 않을성싶다.

또한 어떤 신앙이나 종교를 가지고 그 믿음이 강한 사람이라면 죽음을 하나의 통로로 여겼을 터이고 죽는 것에 대한 두려움이나 슬픔도 그리 크지 않았을는지도 모를 일이다. 그리고 이미 좋은 삶을 살았다고 하는 사람들은 자신의 삶이 지금 끝난다 해도 그리 큰 후회나 아쉬움 없이 초연해질 수도 있지 않을까.
　　　　　　　　　　　　－〈그리 고독하지 않은 고독사〉 전문

세월은 정해진 규칙대로 흘러가듯 우리의 인생도 봄을 맞이하였는가 하면 어느덧 여름이 오고, 가을을 보내고는 이내 겨울로 접어든 자신의 모습을 보게 된다. 마치 자연의 이법(理法)에 순응하는 순례자의 역정과도 같은 이법으로 처리해 낸다. 그러다 보니 화자의 시 속에는 세상과 타협해야 하는 자신, 눈이 어두워진 이상과의 괴리감 또는 현실의 불합리한 모든 문제에 대한 시인의 고뇌가 다 들어 있다. 그리하여 궤도에서 일탈한 아귀(餓鬼) 같은 세상의 부조리함이나 빈자리에 대한 애정과 아쉬움, 과거에 대한 회상을 통한 자신의 무능함과 왜소함에 대해 과감한 메스를 가할 수밖에 없다. 그러나 참 종교인들은 살아온 삶의 여정에서의 편린들도 인생의 길목과 어둠 속에서 마음들이 껍질을 벗듯 하나하나 형상화시키며, 부정과 긍정 이외 믿음이라는 통합화라는 과정을 거치며 죽음을 준비하는 것이리라 싶다.

3. 결미

누구나 다 복잡다단하며 다양화와 다원화된 대도시에서 생활해야 하는 삶은 많은 현실적인 문제를 머리에 이고 살아가고 있다. 그리고 나이가 들면서 자연스레 가끔 삶의 회의에 빠지기도 할 때쯤 고향을 가슴으로 뒤지며 과거를 여행하는 것이 인지상정이다. 시인 한만수는 현실과 과거를 대비하며 시를 쓴다. 소위 진실이 있는 허구(虛構)라는 무질서의 기억을 질서화로 변환시키는 것이다. 여기에 화자는 리얼리티를 지녀 기승전결의 틀에 넣는 것으로 마무리시키고 있다. C. Brooks와 R. P.

Warren의 말과 같이 "경험의 충실성을 표현하도록 하는 일상적인 행동하는 세부 묘사"를 실천하기 위해 시와 펜 드로잉, 이를 위한 자전거 타기는 건강을 위한 수단이 함께 엉켜 있는 듯하다.

오늘도 먹거리를 챙겨주는 부인의 정성을 더해 달리기를 시작한다. 그리곤 주택가를 벗어난 곳에서 느끼는 정겨움은 얼굴과 마음을 말끔하게 세수한 것처럼 화사한 자태를 뽐내고 있다. 그러면서 자연인으로서의 인간적 삶과 문학인으로서의 삶이 서로 조화를 이루고 있다. 그의 인생 2막을 형상화시키는 시 창작활동은 물론이고, 펜 드로잉, 자전거 타기, 마라톤 등으로 생활하고 있음에 박수를 보낸다.

앞으로 나이가 더 들수록 건강을 머리에 이고 달리기할 것이다.

바티칸에서의 아침을

초판 1쇄　2024년 11월 29일

지은이　한만수
발행인　김재홍
교정/교열　김혜린
마케팅　이연실
그림　한만수
디자인　박효은

발행처　도서출판지식공감
등록번호　제2019-000164호
주소　서울특별시 영등포구 경인로82길 3-4 센터플러스 1117호{문래동1가}
전화　02-3141-2700
팩스　02-322-3089
홈페이지　www.bookdaum.com
이메일　jisikwon@naver.com

가격　15,000원
ISBN　979-11-5622-904-9　03810